にきらめく星

市村奈央

幻冬舎ルチル文庫

CONTENTS ✦目次✦

君にきらめく星

✦イラスト・広乃香子

✦カバーデザイン＝久保宏夏(omochi design)
✦ブックデザイン＝まるか工房

君にきらめく星

いつも焦燥感《しょうそうかん》は唐突に訪れた。

長い休みのときはいつもそうだった。それまでは普通に過ごしていても、ふっとなにかに気付くように落ち着かない気分になって、いてもたってもいられなくなる。七年前からずっとだ。

「ちょっと出てくるね」

進夜《しんや》は、台所に顔を出して、夕飯の支度をしている義母に声をかけた。「あら、どこへ？」と穏やかに問う彼女の横で、五歳の妹も母親を真似《まね》て、すまし顔で「どこへ？」と繰り返す。

血の繋《つな》がらない母と、半分だけ血を分けた小さな妹。父がいないときの三人きりの時間を、いまだにうまく過ごすことができない自分を歯がゆく思う。

父が再婚してから七年も経《た》つのに。自分はもう、十七になったのに。

「散歩。学校までの道覚えたいから」

「あら、そうね、気をつけて。お父さんはやめに帰ってくるそうだから、あまり遅くならないでね」

頷《うなず》いて、家を出た。

玄関を出て、アルミの門扉《もんぴ》を開けながら振り返る。

南欧風の、小さいけれど築浅で暖かみのある外観の家だった。まだ越してきて一週間が経ったばかりで、眺めていても自分の住まいだという実感はまったく湧《わ》いてこない。

小さい頃《ころ》から、転勤族の父親について転居を繰り返してきた。そういう意味では、ここに限らず、自分の家だと思えた場所はどこもなかったように思う。

カシャンと門扉を閉めて、『南《みなみ》』と書かれた真新しい表札をチラとだけ確認すると、進夜は逃げるような早足で歩き出した。

家が遠ざかるにつれ、駆け出したくなるような焦燥は去っていった。ほうと息をついて、運河沿いの遊歩道へ続く階段をおりる。

じっとりと湿気を含んだ風が頬を撫《な》でた。八月最終日、まだまだ夏が去る気配はなく、日が暮れかかっても熱を孕《はら》んだ風が肌にまとわりつく。

進夜は、じっとりとした風にあおられた黒髪を指で撫で付けた。夏は苦手だ。幼い頃に亡くなった母に似て、進夜も暑さには滅法弱い。なるべく日の盛りには外に出ないようにしているため、半袖《はんそで》のシャツから伸びた腕は日焼けを知らず真っ白だ。

しばらく歩いていると、どうしてあんなふうに家を逃げ出してきたのかが不思議になった。あの家は、そんなに居心地が悪かっただろうかと思う。

むしろ。

広々とした遊歩道ですれ違うのは、買い物帰りの親子連れや、家路を急ぐ小学生。すべて、この街に慣れた地元の人間に見える。行った道を戻るしかできないような余所者《よそもの》は自分だけだ。

家だけじゃない。どこにいたって、自分がその場所に馴染《なじ》まないことに変わりはなかった。立ち止まって、来た道を振り返った。鮮やかなオレンジ色の夕陽が眩《まぶ》しくて目を細める。どこにいても、見上げる空や太陽は同じなはずなのに、知らない土地ではそれさえもよそよそしく映る。

ふと、静かな遊歩道の向こうから、規則正しい足音が聞こえて、人影が迫ってくるのが見えた。ジャージ姿の、若い男のシルエットだ。

赤茶色のレンガ道には、そのとき自分と彼しかいなかった。

動きの小さい、よく訓練された感じが見える走りだ。進夜自身は運動はさっぱりだけれど、ただ、シンプルできれいな走りかただと感じた。

同じ年くらいだろうか。頭が小さくて、バランスのいい伸びやかな身体《からだ》をしている。

みるみるうちに近付いてきた男が、進夜の二メートル程手前で顔を上げた。目が合う。柔らかな癖のある短い前髪の下の瞳《ひとみ》は、はっとするほど澄んだ茶色をしている。

不思議と目が離せないような気分でいると、彼はふいに、にこりと微笑《ほほえ》んだ。あたりがパッと明るくなるような表情に、目の前がチカリとした。

「こんにちは！」

清々《すがすが》しく明瞭《めいりょう》な発音でそう声をかけられ、進夜は思わずびくりと後ずさる。意図したわけではなく、彼のために道を譲ったような形になった。

進夜が退《ど》いたりしなくても走るのに支障はなかったはずだが、彼は律儀にぺこりと会釈《えしゃく》して、すぐ横を走りすぎていく。

「――――」

彼が走るペースは少しもゆるまなかったのに。

目の前に一番近付いた瞬間から、時間がコマ送りになった。

正面の顔から、ゆっくりと横顔へ。汗ばんだ首筋も、まばたきの回数も、額の小さなにきびも、驚くほど鮮やかに胸に記録される。

きれいな形をした丸い後頭部を見送りきって、我に返った。

長い一瞬、きっと相手を飲み込むような目をしていたに違いない。今更慌てて、視線を運河の遠く先に振った。

蒸した風が、耳の傍《そば》でざわりと音を立てる。カナカナカナと、蟬《せみ》の声が耳に届いた。

つい先刻までは、なにも聞こえなかったのに――。

赤茶のレンガ道の向こうをみはるかす。

けれど、彼の姿はもうなかった。

考えてみれば、再会は別段不思議でもなかった。

どこの子供ももれなく同じ学校に通うほどの田舎《いなか》でもないが、学力や親の収入に合わせてピンからキリまで受験先を選べるほど都会ではない。つまり平均的な高校生ならば、同じ学校になっても、ありえないような偶然とはいえない。

「南の席は、——星川《ほしかわ》の隣が空《あ》いてるな」

翌日から通うことになった二年三組の教室。簡単な自己紹介のあと、担任が「あそこだ」と指さしたのは、窓際から二列目の最後尾の机だった。隣である一番窓際の席に座っていたのが、昨日、運河沿いの遊歩道ですれ違った彼だったのだ。星川。無意識に胸で名前を繰り返す。

「星川祐太《ゆうた》です」

机に鞄《かばん》を置くと、隣で彼がにこにこと進夜を見上げた。

嫌味なく整った容貌《ようぼう》だ。ふんわりと癖のある栗色《くりいろ》の短い髪、キャラメルのように甘い色をした瞳《ひとみ》、制服のなんでもない白いシャツに、とびきりの清潔感があった。

「よろしくね、南」

爽《さわ》やかで人好きのする笑顔に、自然と返事が零れる。

「よろしく」

「うん。なんでも訊《き》いてよ」

「……ありがとう」

椅子《いす》を引いて席に着く。他になにも言わないところをみると、昨日すれ違ったことには気付いていないようだ。ホッとしたような、がっかりしたような、複雑な気分が込み上げる。

「それ、うちの制服だよね」

続けて話しかけられる。うんと頷くと、星川は、ガタガタと机ごと進夜に近付いてきた。

「なんか、転校生って前の学校の制服着てくるイメージだったから意外。教科書とかジャージも、もしかしてもう用意してある？」

「引っ越してきたのは一週間前なんだ。必要なものは大抵揃《そろ》ってる」

「なんだ、そっか。教科書半分こしようと思ったのに」

机を寄せてきたのはそういう意味だったのか。

けれど、必要ないとわかっても、星川は寄り添った机を離そうとはしなかった。腕が触れそうに近い距離。戸惑いと居心地の悪さが大勢を占める中で、ほんの微《かす》かに安心感のようなものが混ざっていたことに、進夜は困惑した。

きっとどうせ、ここにだって長くはいない。

いつからか、進んで友人をつくらないようにしていた。でも、どこかでいつか、ずっと繋がっていられる友人ができるという期待を捨てられないでもいた。

できるわけがない。できるかもしれない。進夜の胸の中では、いつも弱い自分と強い振りをした自分がせめぎあっている。

そっと左隣に目をやると、星川は進夜の視線に気付いて、柔らかい笑みを返してきた。深みのある濃い茶の瞳と、口角の上がった人懐こい口元が印象的だった。


「南、昼飯は？　弁当？　購買？」

予想通りというのも妙だけれど、星川は昼休みがはじまるなり、進夜に声をかけてくれた。

「弁当、だけど」

「そっか、じゃあちょっと待ってて、おれ購買行ってくるから」

一緒に食べようという誘いをすっ飛ばして、当たり前のようにそう言われ、思わず頷いてしまう。星川はにこりと笑うと、財布を手に教室を飛び出していった。かと思えば、足音が引き返してくる。

「飲み物お茶でいい？」

「え、うん？」

教室の戸口から大声で訊《たず》ねられ、咄嗟《とっさ》に頷く。

「了解」

そしてまた駆けていく足音が聞こえなくなってしばらくしてから、進夜は、あれはもしかしたら自分の分の飲み物を買ってきてくれるという意味だったのだろうかと思い付いた。

「――言葉足りないなあ……」

ガタリ、と聞こえた音に目を向けると、星川の前の席の女生徒がこちらに椅子ごと向きながら「ね？」と呆《あき》れ顔をした。

「一緒にお昼食べてもいい？　飲み物いる？　だよねえ、普通は」

彼女は、反対側から星川の机に向かい、かわいい巾着袋《きんちゃくぶくろ》から小さな弁当箱を出して広げる。

「と、いうわけで、一緒にお昼いいですか？　南くん」

「あ、……はい」

長いお下げ髪の彼女の切り込みかたもまた独特で、やっぱり進夜は気付いたら頷いていた。

「坂代千波《さかしろちなみ》です、よろしくね。南くんは、どの辺に越してきたの？　川渡る？」

「川？」

「ええと、学校出て、右行ったとこに運河あるの知ってる？　うちはなんとなく、あの川の向こうかこっちかで住んでる地域を分けるんだよね」

「ああ……。なら、渡る」

「ほんと？　じゃあ同じだね、どの辺り？」

「運河の向こう側の、遊歩道の行き止まりから少し歩いたとこ」

「船のベンチがあるほう？」

千波の問いにちょっと考え、ヨットの形をしたオブジェのような腰掛けのようなものが、階段を降りてすぐのところにあったのを思い出す。

「うん、たぶん」

「ふうん。それだと、あたしたちとは橋渡ったとこから反対方面だね」

「あたしたち？」

「あたしとユータは家が隣なの」

そこへ、星川が戻ってきた。

「ただいま。なに、チィも一緒に食うの？」

「うん」

星川は、「へえ」とだけ言って、机の上にどさどさとパンを置く。焼きそばパン、カレーパン、コロッケサンド、あんパン、チョココロネ。ひとり分とは思えない量だ。

「はい、南」

ことんと机に小さな緑茶の缶が置かれる。

「今日はおれのオゴリ」

「え……」

「それ、たったの八十円だから、遠慮しないでいいよ南くん」

「おまえが言うな」

あたしとユータは家が隣なの。

千波の声が胸の中で反響する。

幼馴染《おさななじ》み。ふたりの気安い距離感の理由はそれかと納得する。これまで、ほぼ二年に一度のペースで引っ越しと転校を繰り返してきた進夜には、およそ縁のない関係性だ。まったくどんなものなのか想像もつかない、それはまるで幼馴染みという名前の、自分とは違う生き物のようだった。

「なに？　南」

気付けば、じっとふたりを見つめていたらしい。星川がくすぐったそうな表情で首を傾《かし》げている。

「なんでもない」

慌てて目を伏せて、自分も弁当を広げた。

転校した先で、クラスメイトと自分の距離が広いのは当たり前で、とっくに慣れていた。もう、それを無理に縮めようとしたり逆に広げようとしたりすることはしない。

「いただきます」

揃って手を合わせたふたりに倣《なら》うように、進夜も両手を揃えた。

ここでだって同じだ。自分から近付くことも、遠ざけることもしない。だって、誰《だれ》も無理をしないのが一番いい。

どうせ自分は、遅かれ早かれここを去る。

無駄な努力というものは、たしかにあるのだと、進夜は身をもって知っていた。


六時間目の授業が終わると、星川は昼休み同様、「ちょっと待ってて、職員室行ってくるから」と教室を飛び出していった。廊下から、放課後の誘いとそれを星川が断るやりとりが騒がしく繰り返される。

今日一日だけ見ていても、星川の周りに人が絶えないのはわかった。教室をまとめる委員長タイプでも、クラスを引っ張るガキ大将タイプでもなく、ただ、単にそこにいるだけで、自然と人が集まり笑いあう。太陽のような魅力の持ち主だ。

ひとりで帰れないわけでもなし、たくさんの誘いを断らせてよかったのだろうか。困惑する進夜の肩を、千波がぽんと叩《たた》いた。

「南くん、また明日ね」

「え？」

なんとなく、星川が一緒なら千波も一緒に帰るのだろうと思っていた。千波は、進夜の言いたいことを察したように「ううん」と首を振った。

「あたしは部活があるから。そうじゃなくても、ユータと一緒に帰ることなんか滅多にないけど」

さびしげな色で、千波が苦笑した。長いお下げ髪が揺れる。

なんとなく、勝手に居心地の悪いような気分を味わいながら、教室を出て行く千波の小さな背中を見送った。入れ替わるように、星川が戻ってくる。

「お待たせ、帰ろ」

「……うん」

遠慮をするつもりだった。ひとりで大丈夫だからと言って、彼を仲間の輪に帰そうと思ったのに、まっすぐに微笑まれて気がつけばこくんと頷いている自分がいた。

並んで学校を後にする。

「あっちー……」

額に手をかざして空を見上げる星川に、つられるように顎《あご》を上げた。空が高い。残暑は厳しいのに、空だけは秋の色に変わりつつある。

「ねえ、南が前に住んでたところってさ」

星川の問いに、ぐっと胸が緊張した。

前住んでたのはどんなところ？　なにがある？　あそこは行ったことある？　この人知ってる？

どこでも、転校生は珍しがられ、はじめのうちは質問攻めにあう。

進夜はもともと社交的ではないし、好奇心も薄いほうで、引っ越した先であちこち出歩くようなことをあまりしない。興味津々の目をした新しいクラスメイトたちを満足させられる話題は、いつだってひとつも持っていなかった。

わからない、知らない、見たことない。そう繰り返す進夜にクラスメイトたちは明らかにがっかりしたし、そのたびに進夜は胃がぎゅうと痛くなった。

転校生の義務だ、もう慣れた、そう言っていても、訪れるその時間はたしかに苦痛だった。

「どんな空のとこだった？」

「――え？」

予想外の質問は、すぐには理解できなかった。

「前住んでたとこの空ってどんなだった？」

目線は同じくらいだ。そう変わらない身長、体格。なのに、包み込むような、おおらかなまなざしが星川を大きく見せる。

「そら……」

「うん」

答えを急《せ》かさない、穏やかな相槌《あいづち》。進夜はふっと肩の力を抜いて、もう一度空を見上げた。

なにも遮《さえぎ》るものがないことに今更気付く。高い建物がないのだ。

広々とした空に、呼吸がやわらぐのを感じる。ゆっくりと吸い込んだ熱っぽい空気は、清潔でうっすらと甘いような気がした。

五感が、ひとつひとつ、繊細に、鮮やかに。

昨日も訪れたその感覚は、隣に彼がいるときだけ生まれるものだった。

「……狭かった、かな」

短く答える。

ここに来る前は、都会のど真ん中にいた。見上げた先には必ず大きなビルや看板があったように思う。夜になっても、月さえもビルの影で、星のひとつも見えなかった。

「ふうん、そっか」

星川は頷いて立ち止まり、運河にかかる橋の手すりに寄りかかる。

「ここはさ、空だけは自慢できるんだよね」

背中を大きく反らして空を仰ぐ星川を、進夜はじっと見つめた。

「実はこの町、流れ星がたくさん降るんだ」

「流れ星？　流星群とか、そういう？」

「そうじゃなくて」

背中を伸ばして、星川がまっすぐに進夜を見た。爽やかな風のような笑顔に目を奪われる。

「なにも特別な日じゃなくても、流れ星がよく見える。不思議だけど、ここはそういう町なんだよ」

天体には興味がない進夜でも、それが珍しいことだろうということくらいはわかった。

「だから、願いごと考えておいたほうがいいよ。流れ星、絶対見られるから」

「ねがいごと……」

叶うんだろうか。

「うん、叶うよ」

「…………！」

まるで、心の声を見透かされたようなタイミングで、星川が自信たっぷりにそう言った。

まじまじと見つめた進夜に、彼はもう一度、澄み渡る青空のような笑顔で。

「絶対叶う」

穏やかで、力強い言葉を紡《つむ》いだ。

十月に入り、新しい生活での緊張も解けた頃、義母が風邪《かぜ》をひいた。

過剰に心配する父に義母は困ったように笑っていたが、進夜も心配なのは同じだった。幼稚園に通う妹の送り迎えを務めると申し出ると、義母は父に向けたのと同じ苦笑で「そうね、ありがとう」と頷いた。

「あの、南まゆの兄ですが……」

「あ、はーい。お迎えごくろうさまです！　まゆちゃーん、お兄ちゃんのお迎えだよー」

放課後、運河を渡って自分の家とは反対方向にある幼稚園で妹を引き取る。

まゆは焦るような手で園のベレー帽をかぶり、カバンを斜め掛けにし、進夜に駆け寄った。

けれど、ちいさな足は進夜の少し手前で急ブレーキを踏む。こちらを見上げて、少し困ったようにもじもじしてから俯《うつむ》く姿を、進夜はもどかしく見つめた。

「…………」

義理の兄妹の、些細《ささい》であっても大きく感じる距離感だ。

こちらから踏み出してやることもできず、進夜はいつも妹の足踏みを見ない振りした。

「あれ、進夜？」

気まずい空気をすっきりと裂く声に名前を呼ばれ驚いて振り返ると、きょとんとした顔で星川が立っていた。制服にスニーカー、デイバッグ、進夜と同じく、学校帰りのようすだ。

今月衣替えがあって、黒の詰襟《つめえり》を着るようになった。甘くて穏やかな星川がシンプルな黒い詰襟を着込むと、ぴしりと凛々《りり》しくて雰囲気が少し変わる。やさしげなのに存在感が際立っている、星川の眩しさに進夜は目を細めた。

「進夜は、なんでここに？」

転校してきて三日目に、「隣のクラスにも南って苗字《みょうじ》のやつがいるから、名前で呼んでもいい？」と訊ねてきて、それ以来星川は進夜を名前で呼んでいた。身近で進夜の名を呼び捨てるのは長いこと父だけだったので、呼ばれるたびに胸を突かれたような軽い衝撃に襲われる。

「もしかして、進夜の妹？　かわいいね」

星川が、まゆの前にしゃがみこんで目線を合わせた。

「こんにちは、お兄ちゃんのお友だちで、星川祐太です」

「みなみまゆです。ごさいです」

「五歳かー。じゃあうちのアキと同じクラスかな。ちょっと待ってて、弟引き取ってくるから一緒に帰ろ」

立ち上がった星川は、今度は進夜と目線を合わせてそう言い、慣れた足取りで園内へ上がり込んでいった。

妹に靴を履かせて外でしばらく待っていると、星川兄弟が賑《にぎ》やかに戻ってくる。

アキくん、とまゆが笑顔になったのでホッとする。星川の予想通り、ふたりは同じクラスらしかった。まゆより少し大きい星川の弟は、くるくると甘く輝く人懐っこい目と、柔らかい癖っ毛が兄にそっくりだ。

「じゃ、帰ろっか」

頷くと、星川はふたりで下校したときよりずっとゆっくりのペースで歩き出す。手を繋いで前を行く仲のいい兄弟の後ろに、進夜は妹を促して続いた。

「待たせておいてあれなんだけど、おれんちってこっちなんだよね」

遊歩道に続く短い坂をおりたところで星川が指さしたのは、進夜の家とは反対の方角だ。

「そうなんだ。それじゃあ……」

「だから、送ってくよ」

え、と進夜は驚いて星川を見返した。

「進夜の家って、船のベンチの先んとこなんだよね？　近いじゃん、送らせてよ。じゃないと、待たせた意味なくなっちゃうし」

「そんなのは、別に……」

延々と待っていたわけでもなし、わざわざ遠回りをさせて送ってもらう理由がない。辞退の意味をこめて軽く手を振った進夜を、星川が首を傾げて覗《のぞ》き込むようにした。

「……もしかして、迷惑？　兄妹の時間邪魔しちゃう？」

そう言われて、はっと妹を見下ろす。

妹にとってみれば、仲のよくない兄と歩くより、このふたりが一緒のほうがずっといいだろう。

じゃあ一緒に、と言うと、星川は「うん！」と明るく笑って再び歩き出した。

さわりと風が吹く。

「今日は海の匂い強いな」

言われて、深く息を吸うと、たしかにいつもより磯の匂いが濃い。それに、すっかり秋の匂いだ。日が落ちるのもはやくなった。

「毎日同じ道を同じように歩いてんのに、なんでこんなにいつも匂いが違うのか不思議になんない？」

少し先を歩いていた星川がおっとりとしたペースで喋《しゃべ》り出す。

「今日みたいに磯の匂いがキツイ日もあるし、近所の家のメシの匂いがする日もあって、雨の日だとまたぜんぜん違うし……」

くるりとこちらを振り返った星川の声が途切れる。進夜は星川が止めた視線の先を辿った。

進夜の少し横の低いところ。まゆだ。

「危なくない？」

「……なにが？」

「まゆちゃん、手繋いであげないと危なくないかと思って」

しっかりと弟と繋いだ手を軽く揺らして、星川が首を傾げた。隣のまゆが自分を見上げるのが視界の隅に微かに映る。どうしたらいいのかわからなくて、進夜はその場に立ち止まった。

「進夜?」

「……わからないんだ」

「ん?　なにが?」

「うちは、ちょっと複雑で……」

星川がゆったりと首を傾げる。促すような、踏み込まないような、やさしい自然な仕種《しぐさ》だった。

「まゆとは、その……半分しか血が繋がっていなくて、だから……どのくらい近くで接したらいいのか、よくわからない」

連れ子同士なわけではない。義母が妊娠して、まゆを出産する過程も見てきた。なのに、どうしてもまゆに家族として気軽に接することができないでいた。

「まゆにとっては、母と父がいればそれでどこも歪《ゆが》んでない家族なのにと思うと、自分がいるのが申し訳なくて……。どう接しても、押し付けがましく兄貴ぶって、外から無理矢理家族の輪に加わろうとしてるみたいにしか、見えない気がして」

陰鬱《いんうつ》な声でそこまで喋って、はっと口を噤《つぐ》む。ひどい愚痴《ぐち》だ。こんな話、聞かされたほうはきっとたまったものじゃない。

後悔に、星川のこともまゆのことも見られなくて、きつく俯いた。

こんな話、今まで誰にもしたことがない。

星川といると、周囲の景色がはっきりと見えて、たくさんの音が耳に入る。呼吸がしやすくなって、つい口までなめらかになってしまった自分を叩きたくなった。

「変なこと聞かせて……、ッ」

ごめん、の言葉が喉で引っかかった。

「ほし、かわ……っ?」

星川の空いた右手が、進夜の左手をぎゅっと握っている。ドキリとするほど熱い指とてのひらだった。その熱は、進夜の冷えた指から、力強いはやさで全身を伝わってゆく。

「簡単だろ?」

「な、にが」

「おれと進夜は、半分どころかどこも家族じゃないけど、手を繋ぎたいと思えばこうやって簡単に繋げるじゃん」

繋いだ手をゆっくりと前後に揺すられる。どうしてだか、胸の奥がきゅうと切なく竦《すく》んだ。

「おれと進夜は友だちだよね」

「う、ん」

「おれが進夜と友だちになりたいと思ったから友だちになれたんだよ。それと同じ。進夜がまゆちゃんの兄貴になりたいと思えば、絶対なれる」

「そんな、簡単な……」

「簡単だよ」

穏やかに、でもはっきりと言い切られて、進夜はそれ以上の言葉を失った。戸惑う進夜に語りかけるように、繋いだ手に強く力が込められる。

「……まゆ」

見下ろすと、妹はまばたきもしないでじっと進夜を見ていた。澄んだ黒の瞳が父によく似ているとはじめて気付く。

右手を、そっと妹に差し出した。

するとまゆは、少しも迷わず、飛びつくように進夜の手を握った。義母に似た笑顔が、キラキラと進夜を見上げる。

本当に簡単に委《ゆだ》ねられた小さな手に驚いて、進夜は思わず勢いよく星川を振り返った。

「星川……っ」

「――――ッ」

進夜の勢いに驚いたのか、星川がはっと息をのんだ。一瞬の沈黙。それから星川は、落ち着かなげな仕種でそわそわと進夜から目を逸《そ》らした。

「か、簡単だったろ?」

「うん……!　――あ、」

小さな子供のような仕種で思い切り頷いてしまい、急に恥ずかしさが込み上げる。

けれど、進夜にとっては大袈裟《おおげさ》にはしゃいで当たり前だと思うくらい大きな進歩だった。

包み込んだ小さな手が、とても大切で、いとおしく感じる。

「すごいな……」

「……プッ」

軽い音に顔を上げると、星川が耐え切れないといった顔でふきだしたところだった。

「ご、ごめ……っ、クク、」

「そんなに笑わなくても……」

星川はごめんごめんと言いながら、アハハと快活に笑う。

「だって進夜、世紀の大発見みたいに目キラキラさせてさ。……すごくかわいい」

目尻《めじり》に浮かんだ涙を拭《ぬぐ》いながらの言葉に、どきりと胸が鳴る。なにに反応した鼓動なのかわからず、進夜は眉《まゆ》を寄せて視線を斜めに下げた。

「進夜?　怒った?」

繋いだままだった手を揺らされる。俯いた顔を下から星川が覗き込んでいた。間近で視線が混ざって、グッと息が詰まる。

「ごめんな?」

「怒って、ないよ」

「そ?　ならよかった」

まっすぐの遊歩道を、四人で手を繋いでゆっくりと歩いた。

大きな夕日が、とろとろと落ちてゆく。鮮やかな赤。磯のかおり。冷たさを増した風。

「イチョウが黄色くなってきてる。おれぎんなん好きなんだ。おでんのぎんなんうまいよね」

運河の反対側に並んで植えられた木がイチョウなことにも、そのとき見上げてはじめて気付いた。黄色くなりだしたばかりの葉が、地面にはらりと落ちるようすが、特別なことのように見えた。

「進夜、おでんの具なにが好き?」

「……はんぺん」

「まゆもはんぺんすき!」

知らなかった。星川が「お兄ちゃんとお揃いなんだね」と言うと、まゆは嬉《うれ》しそうに「そうよ、おそろい」と進夜と繋いだ手をきゅっと握りなおす。

「本当に、すごいな」

「ん?」

「星川は、すごい」

へ、と星川はぽかんと口を開けて進夜を見返す。

また、考えて吟味する前に言葉が転がり出てしまった。なかったことにしようと「いや……」とごまかしたけれど、星川はじっと続きの言葉を待っているようだった。

「その……すごく、世界が輝くんだ」

大仰過ぎるようにも思ったけれど、他に相応《ふさわ》しい言葉は見つからなかった。

星川がそこにいると、世界が色づいて輝く。日常に、次々と新しい発見と喜びが舞い込んでくる。

「まゆと、きみと、きみの弟と、手を繋いで歩いて、イチョウが黄色くなるのを見て、おでんの具はなにが好きかなんて、他愛もない話をして……」

高校生男子がふたり手を繋いでいるこの状況は奇異に映るのかもしれないし、歩行者専用とはいえ子供たちを内側にするべきなのかもしれない。だけど、危なくないようまゆを近くに引き寄せて、もう少し星川と手を繋いだままでいたかった。

星川と繋ぐ手がほこほことあたたかい。ぎこちなく自分へ引き寄せた妹の手も、同じようにあたたかかった。

「こんなきれいで大切な時間、はじめてだ」

「…………」

見上げた星川は、強い憐憫《れんびん》にも似た複雑な色を乗せた目を、眩しげに細めた。

「いつだってできるよ」

「え？」

「進夜さえいやじゃなければ、毎日だってこうやって手を繋いで、一緒に帰るよ。そんなの当たり前のことだって、きっとすぐにわかる」

痛いくらいの力で手を握られる。訴えかけるようなその力は、どこまでも進夜を導いてくれる道しるべのように思えた。

「そうか……すごいな」

身体があたたまって、やわらかくほぐれるような感覚。自然と頬《ほお》がゆるんで、口角が穏やかに引き上がっていくのがわかる。

「だから、すごくないんだって」

自分の熱がうつったのだろうか。星川の頬がかすかに赤く染まって見えた。それから、ものわかりの悪い子供をやさしく許すような苦笑を作って、彼は「だからさ」と言った。

「おでんの具だけじゃなくて、もっといろいろ教えてよ、進夜のこと」

「……うん」

「もちろん、おれのことも話すから」

進夜は今度は口には出さず、胸の中だけで「すごいな」と呟《つぶや》いた。

おれもきみのことが知りたいと、口に出したわけじゃないのに。

まるでそれが当然であるかのように、話すと言ってくれた。

繋いだ手を離したくないと、ますます強く思った。

見上げた空には、まだ星は見えなかったけれど、進夜は流れ星を探すように赤い空に目を凝らす。

星川の手、妹の手、そして、自分の胸に灯《とも》った願い。すべてが大切で、いとおしかった。


南家の食卓にこの冬最初のおでんが上がったのは、十一月も終わりに差しかかった頃のことだった。

「ママ、おにいちゃんのはまゆがやるの」

食卓の真ん中に据えられた大きな土鍋を覗き込み、まゆが母親におたまを要求する。

「あら、どうして？」

「おにいちゃんはね、はんぺんがすきで、たまごはすきくないのよ。まゆはちゃんとしってるから、おにいちゃんのぶんはまゆにまかせてほしいの」

椅子の上に立ち上がったまゆが、義母の手を借りておでんの具をすくうのを、進夜はくすぐったいような思いで見守る。

あれから、進夜は週に一度か二度のペースで義母の代わりにまゆを迎えに行っていた。まゆがそうしてほしいとせがんだからだ。

そういう日は、進夜は必ず星川に報告した。一度、特に言う必要もないと思いひとりで幼稚園へ行ったら、あとからそれを誰かに聞いたらしい星川に「おれを仲間はずれにするなんてひどい」となかば本気の調子で責められたのだ。

四人での帰り道はたいてい遠回りをする。最初の日のように、星川兄弟が進夜の家を回ることもあったし、最近では進夜とまゆが星川の自宅の前までふたりを送ることもあった。

そして、まるでそれが決まりごとであるように、必ず四人で手を繋いだ。並び順は特に決まっておらず、まゆが星川と並んだり、進夜が星川の弟の秋斗《あきと》と並ぶこともある。それでも、いつも星川は片手を進夜と繋いだ。

差し出される手に指を預ける瞬間が、日に日に甘酸っぱいためらいを含んでいくのを、進夜はこわいようなもどかしいような気分で自覚していた。

「はい、おにいちゃん」

ことんと目の前に置かれた器に、進夜は「ありがとう」と微笑む。

「じゃあ、まゆのはおれがよそってあげようかな」

「ほんと？　まゆがすきなのしってる？」

「知ってるよ。まゆははんぺんと大根が好きで、おこぶは好きじゃないんだよね」

今でも、妹への態度はおっかなびっくりな部分があると思う。けれど、子供らしい柔軟さでまゆが急激に懐いてくるのは、単純に嬉しかった。同時にわがままに困惑させられることもあるけれど、他人行儀でいつづけるよりずっといい。

ふと、先週の出来事を思い出す。

寄り道した小さな公園で、だっこおんぶとじゃれつくまゆに困り果てて進夜は助けを求めて星川を振り返った。

「……ん？」

目が合うと、どうかした？　と星川は首を傾げた。進夜はなにも言えずに、まばたきを重ねながら目を逸らす。

いとしいものをありったけ、両手で包み込むような、穏やかで幸福そうな笑顔に息が止まった。キャラメル色の瞳の、にじむような甘さが進夜の胸に広がる。

やさしさに満ちた表情なのに、傍若無人《ぼうじゃくぶじん》に胸に手を差し込まれ、荒々しく心臓を鷲摑《わしづか》みにされたみたいな衝撃を受けて、瞳が潤《うる》んだ。

友だちって、こんななんだろうか。

自分が知らずに過ごしてきただけで、友人を持つと、みんなこうして自制のきかないような思いに翻弄《ほんろう》されるのだろうか。

信じられない思いで、おずおずと視線を上げる。星川はいつのまにか腕にまゆを抱いて進夜のすぐそばに立っていた。

「はい、交代」

腕を伸ばしてくるまゆを星川の腕から抱きとった。間近に迫った星川の身体からふわりと熱が届き、どきりと胸が変な弾《はず》みかたをする。

まゆを抱いた進夜を、星川がじっと見つめた。ときおり星川は、そうして眩しいものを見るような目を進夜に向ける。進夜にとっては、星川のほうがよほど眩しいのに、それがいつも不思議だった。

「うん、……本当に」

星川の、甘くて清潔な姿。大空のように澄んで広い微苦笑。

「おれ、好きだな。ほんとに、かわいい」

まゆのことを言っているのだと、そう頭では理解していた。大切な友人が、大切な妹を褒めてくれる。それもまた、自分にとってはかけがえのない宝物だと思う。

なのに、泣きたいような思いが押し寄せてくるのもまた、事実だった。

この気持ちを、このすべてを、どう名付けて、どう治めればいいのか、進夜にはわからなかった。

「おにいちゃん?」

心配するような急かすような妹の声音《こわね》にはっと我に返る。おでんをよそった器を隣のまゆに渡すと、進夜は正面の父親に向き直った。

「父さん、……訊いてもいいかな」

手酌《てじゃく》でビールを飲んでいた父親が目を上げる。

「どうした?」

「あの、……ここには、どのくらいいられそう?」

父にこんなことを訊ねたのははじめてだった。

ずっとなんて答えがもらえないことはわかりきっていたし、それなら、何ヶ月だろうと何年だろうと大した違いはない。どうせまた引っ越す。これまではその事実だけで、情報は過不足なかった。

「珍しいな、おまえがそんなことを訊くなんて」

父は少し驚いたように目を瞠《みは》り、それからグラスを置いて居住まいを正した。

「はっきりしたことは言えない。もっと長くなるかもしれないし、ずっと短くなることもあるかもしれない。だけど、今のところの目安として……」

祈るような気持ちで、進夜は父の言葉を待った。

できるなら、なるべく長く。ほんの少しでも、別れは遠くであるように。

「そうだな、進夜が高校を卒業するくらいまではいられるはずだ」

「——そう」

高校二年の冬だった。

一年と少し。それは、まるですぐ明日のことのように、ひどく短い時間に思えた。


「南くんは、カノジョとか作んないの？」

千波が明るい声で突然そう訊ねてきたのは、十二月、二学期の期末考査が終わったその日のことだった。

「な、んで？」

急な話題に、進夜はつい身構える。そもそも、この手の話は不得意だった。

「ちょっと探りいれるように頼まれてて」

「誰に？」

「その辺は企業秘密に決まってるでしょ」

帰り支度をしていた進夜は、千波に「座って」と言われ、コートをはおるのをやめて席に着きなおす。千波は斜め前の席からガタガタと椅子ごと移動してきて、進夜の机の向こう側に落ち着いた。

「好きな子いる？　ていうか、実は遠距離のカノジョとかいたりする？」

「い、いないよ」

「なら、告白とかされたら、付き合ってもいいなって思ったりはする？　その前にどんな子がタイプ？　芸能人だと誰とか好き？」

矢継ぎ早の質問に、進夜はまごついて隣の席を見遣《みや》った。

「………」

てっきり助け舟を出してくれるとばかり思っていた星川は、明らかに興味津々の顔でこちらを見ていた。目が合うと、バツが悪そうな顔をしてから、ごまかすようにテレ笑いを見せる。

「ねえ、南くんってば」

「ないよ……っ」

思いがけず強い否定になった声に、進夜は自分で驚いた。

「ないって、カノジョ作る気がないってこと？　それとも、好きな子がいないってこと？」

「どっちも」

星川に向けている身体の左側がちりちりと焦げるように熱い。星川はまだこっちを見ているのだろうか。進夜の言葉を聞いているのだろうか。学生服の腕をてのひらで擦《こす》って、進夜は視線を惑わせた。

「えー、もったいないなー」

千波が明るい声で言って、ぐっと進夜に顔を近づけた。

「南くんのこと、いいなって言ってる子結構いるんだよ。南くんさえその気になれば、酒池肉林も夢じゃないかもなのにね？」

「……しゅち、にくりん」

「チィ、それセクハラ」

ここにきて、やっと星川が口を挟んだ。進夜は少しホッとして息をつく。

「セクハラ？　心外だなあ。……でもまあ、南くんに酒池肉林とか似合わないよね。ほんと、きれいだもん」

しみじみと言われ反応に困っていると、千波ははっと大袈裟に息をのんだ。

「もしかして、顔のこと言われるの好きじゃない？　褒めてるんだよ、ほんとだよ？」

「チィは嫌味が言えるような大層な頭してないもんな」

「……ユータだってそうじゃん」

星川に向かって顔をしかめて見せてから、千波は改めて進夜に向き直り「ごめんね？」と小首を傾げる。進夜は慌てて胸の前で手を振った。

「いいんだ、大丈夫。こんなこと言うと誤解されるかもしれないんだけど、……容姿を褒められるのは嫌いじゃないんだ」

本音だった。もちろんからかわれたり悪意を持って話題にされるのは嫌だけれど、顔立ちを褒められるのは苦痛ではない。

「そうなんだ？」

星川が意外そうに目をまたたかせる。

「亡くなった母に似てるんだ」

実の母が病で亡くなったのは、進夜がまだ三歳のときだ。自分の記憶は頼りないが、残された写真を辿《たど》ると、二十代で亡くなった母と自分は驚くほどよく似ている。名前に相応しく、清涼で美しかった母は、今でも進夜と父の胸に鮮やかに存在していた。

「へえ、進夜ってお母さん似なんだ？」

「うん」

「美人だったんだろうな、お母さん」

「うん、とてもね」

その言葉にも頷くと、星川は一瞬驚いたように黙ってからじわじわと笑顔になった。

「いいな、おれ、進夜のそういうところもすごく好きだな」

何気ない一言が、胸に強く当たって水風船のように弾けた。ぐっと詰まった息を、慎重に吐き出す。

「こうやって、新しいとこ見るたびに、どんどん好きになる」

微笑みながら、星川がさらにそんなことを言うので、進夜は再び強く奥歯を噛《か》んで息を止めた。

星川は、臆病《おくびょう》で人付き合いの経験が浅い自分のことをよくわかっている。

だからことさらに、思ったことを大袈裟に言葉にして伝えてくれるのだろう。

出逢ったばかりの夏の終わりに星川は、些細なことをすごいと喜んだ進夜に「そんなの当たり前のことだって、きっとすぐにわかる」と言ってくれた。

彼はまるでそれがなにかの約束であるかのように、進夜の手を引いて、明るくてキラキラしたものを見せつづけてくれている。

学校帰りの寄り道。休日のちょっとした遠出。一緒にする宿題や、試験勉強。

いつしかクラスでは、星川と進夜はセットで扱われるようになっていた。ひとりで教室にいて、はじめて「あれ、星川は？」とクラスメイトに訊ねられたときの、驚きと高揚を、進夜はまだ覚えている。「今、星川は？　って訊かれたんだ」と興奮気味に話したときの、星川の驚いた顔とやさしい微苦笑もだ。

自分の隣に特定の誰かがいて当たり前の日常なんて、自分には絶対にこないと思っていた。望むこともばかばかしかった。

こんなに嬉しいことだなんて想像もしなかったからだ。

それが、人として拙《つたな》い自分を哀れんでのことだったとしても、惜しみなく言葉をくれる星川に、進夜は日ごと惹《ひ》かれていった。

「ところで南くん、きたるクリスマスのご予定は？　まさかこの鬱陶しいのと一緒なんてことはないよね？」

千波が投げた突然の話題に、進夜は小さく口を開けて動きを止める。千波は常にサバサバと、人より速いスピードで頭と身体が動いていた。急に言葉を投げかけられると、進夜はいつもそれをわたわたと両手でお手玉してしまう。

「鬱陶しいのっておれのことかよ」

「だってユータの『好きだー』とか『楽しいー』とか、熱っぽくて鬱陶しいったらないもん」

「ほんとのことなんだから仕方ないだろ！」

星川は微かに頬を赤らめて千波に反論し、それからチラリと窺《うかが》うようなまなざしで進夜を見た。

「おれ、鬱陶しい？」

友だちと会話をする。相手のことを訊ねて、自分のことを話す。意見を言って、同意する、反論する。たったそれだけのことも進夜は下手だったけれど、星川は決して焦《じ》れずに待っていてくれた。

「……おれは、そんなことないと思うよ」

テンポ悪くぽつりと呟くと、星川が嬉しそうに破顔する。

「ほら、進夜だってこう言ってるし」

「南くんはやさしいだけでしょ。甘やかしちゃだめだよ南くん」

「ううん、本当に……」

星川の顔を見た。「ん？」と問うように首を傾げる姿に、安心するような、落ち着かなくなるような複雑な感覚が込み上げる。

「星川に好きだって言われるのは、嬉しい」

「――進夜」

星川の目が大きく瞠られる。明るい茶色の瞳が、動揺に揺れた。

おかしなことを言っただろうか。困らせているだろうか。

心配になった進夜は、戸惑いを治めるように深い呼吸をする星川の顔を覗き込んで表情を窺った。

「星川？」

「――――ッ」

星川の全身がサッと緊張する。進夜は驚き、慌てて星川との距離を充分に開けた。ドキドキと、理由もなく胸が逸《はや》る。

「……しん、」

「クリスマス！」

千波の鋭い声が、進夜と星川の微妙な空気を断ち切った。

「あたし、クリスマスの話してたんだけど」

星川は無言で千波に「どうぞ」と道を譲るようにてのひらを差し出した。

「ね、南くんご予定は？　まあべつにこの鬱陶しいのが一緒でもいいんだけど、仲いい子たちで集まってパーティみたいなのするから、よかったらきてくれないかな」

「……進夜が行くならおれも行く」

いつもの潑剌《はつらつ》とした明るさはないままで、星川が一言口を挟む。

進夜はちょっと困って、けれど、正直に話をすることにした。

「せっかくだけど、ごめん」

「もしかして、さっきの話気にしてる？　南くんが迷惑なら、無理に女子とくっつけようとかしたりしないよ？」

「迷惑だってはっきり言わなきゃ、世話焼きババアみたいなことをするつもりがあったのかよ」

「……っだって、相談されたら力になってあげたいじゃない！」

う、と星川が詰まってそれ以上の反論を諦めた。普段から他人の相談によく乗っている星川らしい弱点だった。

「と、とにかく余計なことすんなよ。進夜に女子を近付けるつもりなら、絶対行かせないからな！」

「なんでユータが決めるのよ。あたしはそもそも南くんと話をしてるの！」ね！　と水を向けられ、進夜はびくっと姿勢を正した。

「いや、本当に申し訳ないんだけど……その日は、その……母の命日なんだ」

そう告げると、星川と千波が揃って神妙な表情になる。先に母の話題が出ていたので進夜にとっては口にしやすかったけれど、やはり対応に困る話題だったかと、言ったことを後悔した。

「その、母が亡くなったのは十年以上も前のことだから、うちにとっては恒例行事のようなもので、だからあの、それほど重要ってわけでも……」

「重要だよ」

慌てて取り繕った進夜を、星川が凛《りん》とした声で遮る。

「大事な日だろ。そんなふうに言ったらだめだ」

じわりと、胸が震えた。星川の言うとおりだった。一年に一度、どんなに遠くに住んでいるときでも、必ず父とふたりで母の故郷へ墓参りに出かける。特別で、大切な日だ。

「うん……」

進夜がありがとうと言うと、星川は「『おまえに言われたくねーよ！』って言ってもよかったのに」と茶化して肩を竦めた。

「言わないよ」

星川のように、言えたらいいのに。

――きみのそういうところが、好きだよ。

言えたらいいのに。

けれど、言えなかった。

喉の奥で、たった一言が肥大して、持て余すほどの熱を持つ。

きみの、そういうところが――。

こんな大きなものが喉を上がっていけるはずがない。好きだなんて、こんなのは、自分のそれは、言葉にするには重すぎる。


クリスマス当日、進夜は朝早くに父と家を出た。

今の住まいから母の故郷までは、車で三時間ほどらしい。マナーモードにするため取り出した携帯電話のディスプレイは、午前八時を表示していた。毎年、墓参りを済ませた後は母の実家に立ち寄って、昼食をご馳走《ちそう》になる。父の計算が合っていれば、ちょうどいい時間に着けるだろう。

「渋滞とか平気なの？」

「上りだから大丈夫だろう」

呑気《のんき》に言って、父はささやかな駐車場に停めてある車に乗り込んだ。進夜は道路に車が出るのを待ちながら空を見上げた。北風が強いが、いい天気になりそうだと思う。

「――進夜！」

朝の住宅街に、よく通る声が響いた。驚いて振り返ると、運河の方角から星川が走ってくるのが見える。

「星川……？」

「今、出かけるとこ？　よかった、すごい偶然」

進夜の前で立ち止まると、星川は肩で息をして朗らかに笑う。うっすらと汗をかいた額に短い前髪がはり付いて、耳の横でぴょこりと寝癖が跳ねていた。

「偶然？」

「いや、偶然っていうのは、出かける時間ぴったりにこられたのがってことで、偶然会えたとは、いくらなんでも無理があるから言えないけど」

朝出るだろうなとは思ってたんだ、と星川が言うので、進夜は小さく首を傾げた。つまりは、進夜が出かけるのをわかっていて、わざわざ会いにきた、という意味だろうか。

「お墓参り、行くんだよね」

はっと進夜は星川の顔を見た。母の命日だとは言ったけれど、墓参りに行くとまでは言ってないはずだった。言ったとしても、ちょっと出かけるだけのことで、わざわざ見送りに来てくれるなんて誰が思うだろう。

「それで、これ」

差し出されたのは、ほっそりとした花束だった。真っ白な百合《ゆり》の花。花が三本、二本はまだ蕾《つぼみ》だ。セロファンと水色のペーパーで包まれ、青いリボンが巻かれている。

「迷惑じゃなければ、持っていってくれないかな」

「どうして……」

「おれから進夜のお母さんに。本当はもっと大きな花束にしたかったんだけど、予算の都合でしょぼくなりました」

「どうして知ってるの」

呆然《ぼうぜん》と呟く進夜に、今度は星川が首を傾げた。

「どうしてって、進夜が教えてくれたんだろ、お母さんの命日」

「違う……」

「え、今日じゃなかった⁉」

ギョッと星川が顔を青くする。そうじゃなくて、と進夜はもどかしく言葉を継いだ。

「どうして知ってるの、母の名前」

「え、名前？　……知らないけど、なんで？」

ぽかんとした星川の顔に、進夜はこれがただの偶然であることに気付く。そうだ、墓参りに百合の花なんて、そう珍しい選択ではない。

「百合っていうんだ」

「え？」

「母の名前。だからいつも父は、白い百合を持てるだけ持って母のところに……」

星川が持っている花束をじっと見つめる。母の名前の花は元から好きだったけれど、星川の手にあるそれは、もっとずっと特別に美しく見えた。

「だから、その……。——嬉しい。ありがとう、母も喜ぶ」

「いや、おれは……」

ずい、と花束を胸に押し付けられるようにされ、進夜はためらいながらそれを受け取った。

「——ごめん、本当は、進夜に似合う花を選んだだけなんだ」

「え？」

「進夜のお母さんにって気持ちも嘘《うそ》じゃないけど、おれは……」

星川らしくなく、言葉が途中でか弱く途切れた。いつもと違うようすに、不安と困惑が入り混じって胸に渦を巻く。

背後で短くクラクションが鳴らされた。

「進夜、どうした？」

とうに道に車を出した父が、運転席の窓から顔を出している。

「あ、うん……」

「気をつけて行ってきなよ」

じゃあ、と手を上げて、星川がそそくさと背中を向ける。言いかけた言葉が気になったが、父が急かすようにもう一度クラクションを鳴らした。わかってる。だけど、小さくなっていく背中に、どうしても一言声をかけたかった。

「……星川！」

胸へとせり上がる気持ちのまま、大きな声で呼び止めると、星川が驚いた顔で振り返った。

「ありがとう！」

「――ねえ、進夜のお母さんに伝えて！」

星川の背後に朝の太陽が見えた。重なって、星川まで太陽そのものみたいで、眩しくて目を細める。

「進夜を産んでくれてありがとうございますって！」

「星川……」

「おれ、進夜と会えて嬉しいです、って！」

手を振った星川が背中を向けて今度こそ走り去る。進夜は父が鳴らした三度目のクラクションに急かされ、覚束《おぼつか》ない足取りで車の助手席に乗り込んだ。胸に抱えた花束を見て、父が

「友だちか?」と訊ねる。

「うん」

「わざわざ来てくれたのか」

「うん」

「いい友だちができて、よかったな」

「うん……」

花束を持つ手が震えた。セロファンが小さな音を立てて軋《きし》む。ゆっくりと呼吸すると、百合の甘い香りが胸の隅々までを占めた。

「…………っ」

鼻の奥がツンと痛くなった。胸から喉へ、熱いものがこみ上げる。ぼやりと花の輪郭が滲《にじ》み、次の瞬間、ぱたりと音を立てて、透明なセロファンに涙が落ちた。

嬉しくて泣くなんて、生まれてはじめてだった。

おれもきみに会えて嬉しい。友だちになれて嬉しい。自分を産んでくれたこと、母に感謝したい。きみを産んでくれたこと、きみのお母さんに感謝したい。

涙はなかなか止まらなかった。

「おれ、一回ついてみたかったんだよね、除夜の鐘」

上機嫌で歩く星川の半歩後ろを進夜は歩いていた。

星川から電話がかかってきたのは、一時間ほど前のことだった。大晦日《おおみそか》、家族とテレビで年末恒例の歌合戦を観ていた進夜に、星川は「除夜の鐘つきに行かない？」と言った。歩いて行ける距離に、時間までに並べば誰にでも鐘をつかせてくれる寺があるのだと言う。

断る理由はなかった。家族も快く承知してくれたので、進夜は星川と待ち合わせの約束をして電話を切った。

そして、こうして夜の道を、星川と一緒に歩いている。

「ほんとは明日、初詣《はつもうで》に誘おうと思ってたんだけど、どうせなら一緒に年越ししたいと思って。進夜、除夜の鐘ついたことある？」

「ないよ」

「なら一緒だ。よかった」

なんだか現実感がない。

友人と夜中に出かけるのも、進夜にとってははじめての経験だ。そもそも夜遅くに出歩くこと自体、滅多にない。

夜の道は、冷たく空気が澄んでいて、独特の匂いがした。静かだけれど、思ったより人がいる。歩く方向が同じ人ばかりなので、同じ場所を目指しているのかもしれなかった。

「寒くない？」

星川が進夜を振り返って首を傾げる。ファーのついた黒のダウンジャケットにジーンズ、足元はエンジニアブーツという出で立ちの星川は、ダッフルコートにマフラーを巻いて耳当てをした進夜よりよほどすっきりしたシルエットだった。細身で色白なせいで、星川の目には進夜が寒そうに映るのかもしれない。

進夜は「大丈夫」と言ってポケットから手を出した。

「あ、カイロ」

寒がりの進夜を心配して、義母が持たせてくれたものだった。星川には言わないけれど、背中や腹には貼るタイプのものが忍んでいて、靴の中にも専用のカイロが入っている。

「いいな、おれなんか手袋忘れちゃったのに」

「それなら……」

手袋か、カイロか。どちらかを星川に渡そうと思った。どちらを渡すか。そして、どうやって。貸すと言っても星川は遠慮するだろう。それなら――。

「……ッ進夜？」

ギョッと星川が身を強張《こわば》らせて立ち止まる。

驚いた顔の星川を見て、進夜も同じようにはっとした。

「…………」

進夜は、星川の手を握っていた。ふたりの手の間にカイロが挟まれている状態だ。いくら渡す方法に困ったからといって、これはない。自分で自分のしたことが信じられなかった。けれど、急いで引っ込めようとした進夜の手を引きとめたのは星川だった。毛糸の手袋越しに、ぎゅっと手を握りなおされる強い力を感じる。

心まで、一緒に握られたようだった。

ぎゅうと摑まれた心臓が縮む錯覚に、進夜はたまらず縋《すが》るように星川の手を握り返してしまう。

「——あったかい、ありがと」

そう言って、星川が進夜の手を引いた。

足元が覚束なくて、つんのめるように一歩を踏み出す。

星川と手を繋ぐことは、それほど特別なことではない。今でも妹を幼稚園へ迎えに行くことはある。四人で手を繋ぐ習慣も変わっていなかった。先週だって寄り道をして、四人で並んでやきいもを食べた。

なのにどうして今日は、今は、こんなに動揺しているんだろうと、進夜は自分の心を持て余す。

真冬の夜道で、自分の手を引く星川の背中をじっと見つめた。背筋の伸びた、まっすぐできれいな背中。その肩越しに、丸い月が見えた。

寺に着くと、結構な数の人が列を作っていた。列の最後に並んでぽつぽつと他愛のない話をしているあいだにも、ふたりの後ろにまた人が並んでいく。

足元の砂利《じゃり》から、しんしんとした冷たさが這《は》い上ってくる。靴用のカイロがまったくあたたかくなくて、つい足踏みをした進夜に、星川がまた「寒い?」と訊いた。進夜も「大丈夫」と繰り返す。

「進夜、寒いの苦手だよね。無理に連れ出してごめん」

星川の言葉に、進夜は驚いて首を振った。

「無理になんて、全然、思ってない」

「そう?」

強く頷いた。たしかに寒いのは苦手だし、正直今もひどく寒い。けれど、それ以上に、身体の内側から感じるあたたかさがあった。もっと北の寒いところでも、きっと自分は平気だろうと進夜は思った。星川と繋いだ手があれば、きっと、どこでも。

ひとつ目の除夜の鐘が響いた。

「十一時四十五分か。このまま並んでて、気付かないうちに年越しちゃったらどうしよう」

ワンセグ見てればいいのかな、と星川が携帯電話を取り出してぽちぽちと操作する。

「年越しの瞬間って、おれ好きなんだよね。ちょうどのタイミングでジャンプして『年越しの瞬間、おれは地球上にいなかった』とか中学まで毎年やってた」

ぷっと進夜が笑うと、星川は「バカでしょ」と言いながらも誇らしげに胸を張った。

「いいな、楽しそうだ」

「進夜、やったことない？」

「ないよ」

星川は「そっか」と言ってから、進夜にもう一度「寒くない？」と訊ねた。

大丈夫だと進夜ももう一度答えたが、星川はその後もしばしば「寒い？」「寒くない？」と進夜を気遣った。

「……寒い」

何度目かの問いに、進夜はとうとう正直に答えた。足の指は凍りついたようだし、頬もピリピリと痺れるようだ。あたたかいのは、星川と繋いだままの手だけだった。

「やっぱり」

「でも、いいんだ」

「え？」

「寒いのを我慢してでも、星川と除夜の鐘をつきに行きたいって自分が思ったんだから、いいんだ」

時間を止められてしまったように、星川が動かなくなった。

「星川？」

「――あ、うん、いや……」

ふいに、列のあちこちが騒がしくなった。カウントダウンの声だ。時計や携帯電話を見ながらの人が、前でも後ろでも数字を刻んでいく。胸が逸る。はじめて起きたまま年を越したときのことを思い出した。
五、四、三、二――。
「進夜！」

ぐん、と繋いだ手を強く上へ引かれた。え、と思ったときには、大きくジャンプした星川に引きずられて、ほんの少し地面から両足が離れていた。

「………」

ほんの一瞬、ほんの数センチ。

「おれたち、地球にいなかった」

星川の満足そうな顔は、まるで小さな子供のようだった。ああ、きっと彼は、幼い頃もこうやって、誇らしげに笑ったんだろう。

泣きたいような切なさに襲われて、進夜は顔を俯かせた。すん、とひとつ鼻をすすると、星川がまた「寒い？」と心配そうに訊ねてくる。大丈夫だと答えるには胸が詰まりすぎていて、進夜はうんと小さく頷いた。

「進夜」

「うん？」

「――今年もよろしく」

星川の言葉に、すぐに返事ができなかった。頭に浮かんだのは、父から聞いたタイムリミット。進夜が高校を卒業するまでは。それが本当なら、もう一年はこの町にいられる。大丈夫だ。別れはそう遠くもないけれど、すぐでもない。今年もよろしく。それくらいなら、嘘じゃない。

「今年も、よろしく」

口にして、また進夜は泣きたくなった。もしかしたら、もう二度と交わせないかもしれない、特別な挨拶《あいさつ》だった。


初雪が降ったのは、二月の半ばのことだった。天気予報の通り、昨夜から降っていた雨が、朝にみぞれになり、昼過ぎから雪に変わった。

進夜は六時間目の眠気をこらえながら、窓の外を重たげにおちてゆくぼたん雪を眺める。雨が長かったし、積もることはなさそうだ。

三学期になってすぐの席替えの結果、進夜の席は窓際の列の一番前になった。星川は教室中ほどの列の後方だ。

ずっと隣にいて、細やかに気遣ってくれた星川が近くにいないことが、ひどく心許ない。席替えからひと月が経っていたけれど、進夜は新しい席になかなか慣れないでいた。

「南くん」

横合いから声をかけられて視線を巡らせると、机の横に千波が立っていた。

「ユータ知らない？」

進夜がぼんやりしているあいだに授業は終わっていて、教室は帰り支度をする生徒でざわついている。けれど見渡してみても、星川の姿はなかった。

「……いないね」

うん、と千波が頷く。進夜は首を傾げた。千波に、いつもの潑剌とした明るさがない。どこか思いつめているようにも見えた。

「毎年こうなの。あいつ、社交的なくせにこういうイベントには弱いんだから」

「イベント？」

「南くん……」

呆れたように千波が肩を竦める。

「今日、何月何日か知ってる？　二月十四日、バレンタインデーだよ」

「……ああ」

そうだったのか、と進夜は特別な感慨もなく頷いた。朝から学校中がそわそわとした空気に包まれていたのは、初雪に浮かれてのことではなかったらしい。

「朝も遅刻ギリギリにきたし、――お昼はどこで食べた？」

「地下ホール、だけど」

「あんな寒いとこに連れてかれたの？　南くん、付き合いよすぎだよ」

進夜も、妙な場所で食事をしたがった星川を訝《いぶか》しく思わないではなかった。冷暖房の設備がない地下のホールは、底冷えのする寒さで、ふたりはわざわざコートを着込んでガチガチ震えながら弁当を食べたのだ。いつも進夜の寒がりを過ぎるほど気にする星川らしくない場所の選択だったけれど、理由について深く考えたり問いただしたりはしなかった。

バレンタインデー。つまり、星川は女子から身を隠していたということなんだろうか。

容姿も整っていて、人懐こくて明るくてやさしくて。褒めるところを挙げだしたらキリがない、クラスで一番の人気者だ。星川を好きで、告白したいと思っている女子が多いことは想像に難《かた》くない。

「毎年逃げてるの？」

「そうよ。気がつくといないの」

千波はため息をついて胸の前で腕を組んだ。

「気軽に渡されるもの全部受け取ればお返しが大変だし、本気の告白断ればそのあと気まずいし、悪い選択じゃないとは思うんだけど、でも」

そのとき、千波の声を遮るように、進夜の制服のポケットで携帯電話が振動した。

「──ユータじゃない？」

千波の予想通り、着信は星川からだった。

「もしもし？」

『もしもし進夜？　今日ってお迎え行く日だって言ってたっけ？』

「いや、今日はまゆ、幼稚園休んでるから」

『そっか、ならいいんだ』

チラ、と千波を見上げると、「どこにいるか訊いて」と唇とジェスチャーで伝えてくる。

「星川、今どこにいるの？」

『おれ？　焼却炉んとこ。今日は裏口から帰ろうと思って……ほら、雪降ってるし、なんだか、ええと、遠回りしたい気分になる、よね』

はじめて知った。星川は嘘が下手だ。

けれどそれが星川らしくて、進夜は電話の向こう側に気付かれないようにこっそりと苦笑した。

通話を終えると千波が、「どこにいるって？」と勢い込んで訊ねてくる。

「焼却炉のところ、だって」

「裏口から帰るつもりね、ありがと南くん！」

千波はそう言うがはやいか、くるりと背中を向けて教室を飛び出していってしまう。

つむじ風のような千波をぽかんと見送ってから、進夜は帰り支度をはじめた。

コートを着てマフラーをして教室を出る。昇降口にある下駄箱《げたばこ》で靴を履き替えていたところで、クラスの女子に声をかけられた。かわいらしくラッピングされた小さな袋を差し出されたが、丁重に断る。申し訳ないとは思うけれど、彼女のフルネームも覚えていなかった。なにより、誰かと恋愛関係になるということが、自分にはピンとこない。異性を特別に好きだとか、付き合いたいとか、そういう感情を持ったことは、これまで一度もなかった。

傘をさして外に出ようとした進夜は、そこでふと立ち止まった。

今のクラスメイトの仕種が、誰かと重なって心に引っかかる。俯いた、そわそわと落ち着かない態度。——教室で別れた千波に似ていた。

そもそも、どうして千波はあんなに星川の居場所を知りたがったのだろう。用事がある？本人へ直接、学校で伝えないといけないような？

理由はひとつだと思った。

千波も、星川に渡すものがあるのだ。甘いチョコレート。秘めていた恋心。

「……あ、」

だとしたら、鈍い自分はそうとは気付かずに、それを避けていた星川のもとへ彼女を導いたことになる。

余計なことをしたんじゃないだろうか。もし、星川も千波のことを好きなら問題はないけれど――。

立ち止まったまま考えてみても、星川が彼女をどう思っているのかわからなかった。それに、千波が星川を探していた理由だって、必ずしも告白のためだとは限らない。

傘を開いて校舎の外に出た。かさりかさりと軽い音を立てて、傘の上に雪が降る。

校門のほうへ二歩進んで、進夜は再び立ち止まった。

――気になる。

いや、明日、星川に訊けばいい。千波の用事がなんだったのか。彼女に居場所を伝えたことは迷惑だったか。明日でいい。今でなくても。

そう思うのに、気付けば足が勝手に校門とは反対の方向へ向かっていた。グラウンドの脇《わき》を足早に通り過ぎ、校舎の外周を半分回ると、ひっそりとした裏門が見える。人がふたり並んで通れる程度の門で、鉄のアーチも観音開きの扉も古くなって錆《さび》が浮いていた。近くにどっしりとした丸裸の木が一本ある以外にはなにもない、寂れた場所だ。登下校にこの門を使う生徒はほとんどいない。

一見、人の気配はなかった。もう帰ってしまっただろうか。きょろ、と辺りを見回した進夜の耳が、星川の声を拾った。

「――ありがとう」

それはちょうど、学校の敷地を囲うコンクリートの壁の向こう側から聞こえた。

「どういう意味？」

かたい千波の声に、進夜は星川の「ありがとう」が単なる礼ではなかったのだと察する。

「ごめん、チィとは付き合えない」

やはり千波は星川に告白をしたらしい。きっぱりとした星川の声にどきりとする。こんなふうに、星川がまっすぐに他人を拒絶する声をはじめて聞いた。

「理由、聞いてもいい？」

これは立ち聞きだ。いくらこの状況を作ったのが自分かもしれなくても、話を盗み聞いていいわけがない。

「……好きな子が、いる」

はっと、千波が息を呑《の》む音が聞こえた。もしかしたら進夜も同時に同じ反応をしたかもしれない。

「好きな、子」

「うん。ごめんチィ。おれ、チィには嘘つきたくないし、隠し事もしたくない」

「……うん」

「だから、本当のこと言う」

それこそ、一番聞いてはいけないことだと思った。星川が、幼馴染みの彼女にだけ打ち明けることを、会ってたかだか半年くらいしか経っていない自分がこんなふうに聞いたらいけない。なのに、その場に縫いとめられたように足が動かなかった。

好きな子。星川が、たったひとり、恋する相手。

「うん、聞かせて」

膝《ひざ》が凍りついたようにかたい。

「——おれ、進夜が好きなんだ」

星川の声は、凜として、生真面目《きまじめ》で、悲壮な決意を秘めていた。

「……え?」

「だからごめん」

「うそ、だよね?」

星川は嘘が下手だ。進夜ですら気付いたことを千波が知らないはずがない。星川は嘘をついていない。だけど「嘘だろう」と、進夜だってそう言いたかった。

まさか。嘘だ。星川が、自分のことを好きだなんて。

普段から、星川は進夜によく好きだと言ってくれた。「進夜のそういうところ好きだよ」と。

進夜はそれを友だちとしてのことだと思っていたし、だからむしろ、寄せる好意の切実な重さを比べるなら、自分のほうが彼を上回るだろうとすら思っていた。

でも、これは。

告白をした女の子を断る理由。親しい幼馴染み相手だから告げる真実。この状況で口にされた「好き」が友情だなんて解釈することはできなかった。

右手が痙攣《けいれん》するように大きく震え、さしていた傘が音もなく地面に舞い落ちて転がる。

思わず手をついた太い木の幹がひやりと冷たい。だけど、思考を遮るチカチカとした額の裏側の熱は散っていかなかった。

好き？

どうして。どこが。――どうして。

わけがわからなかった。一時的に、「好き」という言葉自体が理解できなくなり、頭がくらくらする。

ジャリ、と踵《きびす》を返す荒い足音がした。

「――――ッ」

視線を上げると、門をくぐって学校の敷地内に飛び込んできた千波と目が合った。

涙を溜《た》めて充血した目が、驚きに瞠られたあと、キッと進夜を睨《にら》む。小さく震えているのは、コートを着ていないせいだけではないのだろう。進夜がなにも言えずにいると、千波はきつく唇を噛んで、鋭く身を翻《ひるがえ》した。

非常口から校舎の中へ駆け込む、白いセーラー服の背中が痛々しかった。

「まゆね、あしたはおにいちゃんのおむかえがいいの」

まゆがそう言ったのは、夕飯のあと、進夜が自分の部屋に戻ろうと食卓の椅子から立ち上がったときだった。父は風呂で、義母はキッチンで水仕事をしていて、食卓に残っていたのは、まゆと進夜だけだった。

ひそかに恐れていた発言に、ぎくりとする。

バレンタインデーから一週間が経っていた。あれから進夜は、一度もまともに星川と目を合わせていない。

星川に、直接なにかを言われたわけではなかった。バレンタインデーの次の日からも、星川の態度はいつもと変わらない。

爽やかな挨拶、細やかな気配り。朗らかそのものの笑顔。口調も表情も、星川はいつもの星川だった。

けれど、進夜のほうはいつも通りにはいかなかった。

昼休みに学食へ誘われても弁当があるからと断ったし、下校の誘いも職員室に用事があるからと断った。次にいつまゆを幼稚園に迎えに行くか訊ねられたときも、きつく俯いたまま「当分行かないと思う」と答えることしかできなかった。

首を傾げた星川の沈黙を見ない振りで、進夜はひたすらに、たったひとりの親しい友人を避け続けた。ズキズキと胸が痛んだし、今まで星川と一緒だった時間をひとりで過ごすのは寂しかったけれど、これまでと同じように振る舞うのはもっと無理だ。

話しかけられれば声が震えそうなほどに動揺してしまうし、目が合えば全身が緊張して動けなくなる。肩を叩かれたりしようものなら、過剰に飛び上がって逆に星川を驚かせてしまう始末だ。いつ星川に不審がられてわけを訊かれるか、気が気じゃなかった。

「おにいちゃん?」

きょと、とまゆが子供用の高い椅子から進夜を見上げる。きっと星川も、進夜の急な態度の変化を見て、こんな表情で首を傾げていたんだろうと思った。

「ごめん、まゆ。明日は行けない」

心苦しかったが、そう告げる。星川に会わないよう、こそこそとまゆを引き取りに行くことも可能だろうけれど、万が一鉢合わせしてしまったときのことを考えると、胸がいやな弾みかたをした。

「えー、なんで?」

たちまちまゆの機嫌が悪くなる。桃色の頬をぷうと膨らますまゆに、進夜は困って途方にくれた。

「ごめんね、まゆ」

「じゃあ、いつならきてくれる？　あしたのあした？　そのあした？」

「ええ、と……」

明日も明後日も、来週も再来週も行けない。

けれどそうは言えなかった。

星川と過ごしたくて迎えに行き、会いたくないからもう行かないだなんて、身勝手すぎる自分がいやになる。

そこで、進夜ははっと目をまたたいた。

星川と過ごしたくて？

呆然とまゆを見下ろす。

幼稚園へ迎えに行きつづけていたのは、まゆにせがまれたからだ。今日のように、「あしたはおにいちゃんのおむかえがいい」と言われれば、進夜はいつも「いいよ」と快諾してきた。妹が自分になにかを望んでくれることが嬉しかったからだ。

だけどそれ以上に、星川と彼の弟と、四人で並ぶ帰り道を自分は望んでいたのか。

必ず手を繋いで歩く、運河沿いの遊歩道。星川のてのひらの温度。手の甲に心地良かった、握り締める指先の力。それが、嬉しくて？

いつも星川と繋いでいた右手が急に腫《は》れ上がってしまったように痛くて熱い。更に大晦日の夜を思い出すと、熱は腕を駆け上がって矢のように心臓を刺した。

胸に感じる違和感に、息が浅くなる。これはなんだろう。意味がわからない。まるで、星川が自分を好きだと言ったときのように混乱した。

「ね、いつ？」

まゆが、焦れたように進夜のパーカーの腕を揺する。

返事ができないでいると、キッチンにいた義母が「だめよ」とまゆを叱《しか》った。

「お兄ちゃんを困らせたらだめでしょ」

「だって……っ」

「だってじゃありません。お兄ちゃんは忙しいのよ」

諭《さと》す口調に、まゆはムッと唇を尖《とが》らせてから、くしゃりと顔をゆがめた。大きな目から、涙が零《こぼ》れる。泣かせてしまった。進夜は思わず「やっぱり行くよ」と言いそうになったけれど、それを察したように義母が「いいのよ」と言った。

「進夜くんは充分してくれてるもの。あまりまゆを甘やかさなくていいわ」

ふっと、覚えのある感覚が込み上げる。

落ち着かない感じ。苛々《いらいら》するとまではいかないけれど、おさまりが悪くて駆け出したくなるような、――焦燥感。

それは、進夜がずっと重たく抱え続けてきたものだった。父が再婚したときからずっと、七年間も。

義母とまゆと三人きりになるたびに。義母が自分に遠慮や気遣いをするたびに。自分が思っていることを口にできずに呑み込むたびに。

あまりに久し振りにひょっこりと顔を出した感覚に、進夜はおっかなびっくりで耳を澄ましてみた。懐かしいとすら感じる。もうずっと、遠ざかっていたのだ。

理由なんて、明らか過ぎた。

星川だ。

彼に会って親しくなって、忘れることができた。きれいな形にならない家族。埋まらない距離。もどかしいような、腹立たしいような不自然。自分だけが、水の中に一滴落ちた油のように思えてならなかったあの頃の気持ち。

自分にとって、星川がどれほど大きな存在なのかを思い知る。星川に与えられたものの大きさ、あたたかさ。

大切な友人だと思っていた。一生に、きっとひとりの、特別な友人だと。

『――おれ、進夜が好きなんだ』

だけどわからない。

星川の思っていることが、星川の望んでいることが、まったくわからなかった。

そしてきっと、わからないからこそ、自分は星川を失うのだろう。

そう考えると、泣きそうに鼻の奥がツンとした。


三月になっても、進夜《しんや》は星川《ほしかわ》への態度を変えられないでいた。最近では、星川のほうもことさら進夜に近付こうとしない。理由はわからなくても、避けられていることには気付いて進夜に遠慮をしているのだろう。そうすると、ますます消失感のようなものが深まった。ふとした瞬間に意味もなく涙ぐんでしまうたびに、進夜は自分の精神が支えきれないほどぐらついていることを自覚する。

しばらく挨拶《あいさつ》すら交わしていなかった千波《ちなみ》に声をかけられたのは、学年末試験を間近に控えた日の放課後だった。

「ちょっと、いいかな」

千波の声も表情もひどくかたく、進夜は決闘を申し込まれたように緊張した。臆《おく》しながらも頷《うなず》くと、千波は無言で背中を向けて教室を出て行く。進夜は慌ててあとを追った。

千波が選んだのは、彼女にとっても進夜にとっても決していい思い出はない場所だった。

焼却炉の先、ひと気のない裏門の前で、千波はぴたりと足を止める。

「どうして、ユータのこと避けるの？」

前置きもなにもない直球だった。剝《む》き出《だ》しの潔さが、鋭い棘《とげ》になって進夜を襲う。

「そうやってユータのこと傷つけて、なんかいいことがあるの？」

口を開けることもできなかった。首を振ることも、俯《うつむ》くことすらできなくて、進夜はただ千波を見返す。

「ねえ、ユータがかわいそう。南《みなみ》くんに避けられる理由がわからなくて、でも、あたしに相談だってできなくて、ひとりで悩んで苦しんでる」

申し訳ないとは思ってる。でも。

「ユータは友だちが多いし、人の相談によく乗るよ。だけど、ユータから人になにかを相談することなんて、まずないんだからね」

「……え？」

「南くんは、ユータの悩み聞いたことある？」

「ない、けど、それはおれが頼りないから……」

「ユータは誰《だれ》にも言わない。友だちにも、親にも。本当に迷ったときにだけあたしに話してくれる」

力強い千波の目の色は、誇らしそうでもあり、悔しそうでもあった。

「ずっと続けてた陸上をやめなきゃいけなかったときも、受ける高校決めるときも、ユータはあたしにだけ話してくれた」

陸上。星川の口からは聞いたこともない単語だった。陸上をやっていたのか。

うっすらとした記憶がよみがえる。ここへきて、はじめて星川に会ったときのことだ。彼の走りをきれいだと思った。それが第一印象だったのだ。

「ユータの悩みを聞くのはあたしだけ。あたしの特権だったの」

それが、幼馴染《おさなな じ》みの信頼関係なのだろう。自分には絶対に得ることのできない立場だ。

進夜ははじめて、心底、千波のことを羨《うらや》ましいと思った。

「……だから自分は特別だって勘違いしちゃった」

「特別だよ」

千波は充分星川の特別だ。誰も千波にはなれない。

そう思った瞬間、ジリ、と胸の隅が焦げて黒い煙を噴《ふ》いた。

「やめてよ、こんなの特別なんかじゃない……！」

ふいに、千波が声を荒らげる。鮮烈な火花を投げ込まれて胸がひりひりと痛んだ。

「隣の家に生まれただけじゃない！　ただ、距離が近かっただけじゃない！　あたし……、あたしは……っ」

そこで彼女は言葉を切った。燃えるような目で進夜を見て、苦しげに言葉を継ぐ。

「あたしは転校生がよかった。男の子がよかった。それで、ユータがあたしを好きになってくれるなら」

どうして、と呟《つぶや》く自分の頬《ほお》が苦々しげにゆがむ。

「きみのほうがずっといい」

幼馴染みなら、千波なら、一緒に育って、そばで話を聞いて、何年経《た》ってもずっと変わらずにいられる。

「おれは、きみになりたい」

千波が羨ましい。進夜が望むものを、生まれたときから持っている。

「こんなのはつらい。いやだ」

せっかく仲良くなれたと思ったのに、失ってしまうのはいやだった。もし幼馴染みだったら、こんな怖さやつらさとは無縁だっただろうに。

「あたしは南くんがいい。それでどんなにつらくても、ユータと恋ができるほうがずっといいもの」

「――わからない」

星川と恋を？

恋という単語が自分に馴染まず、ごつごつした岩のように固く重く胸のうちにうずくまる。

ごく一般的でありふれた感情、関係だとは思う。けれどそれを自分と誰か――ましてや星川に当てはめることはどうしてもできなかった。

「わからないなんて嘘《うそ》よ」

鋭くなじる声で千波が吐き捨てるように言う。

「本当にわからないなら変わらずユータといられるでしょ？　わかってて、理由があるから避けるんじゃない」

「ちが……っ」

「ユータの気持ち知って、それであたしになりたいなんてずるい。たしかに南くんが女の子ならなにも問題ないかもしれないけど、そんなのユータにもあたしにも失礼だよ」

「そういう意味で言ったんじゃない……！」

幼馴染みだったらと思っただけだ。隣の家に生まれて、特別な呼びかたをされる、星川にとって、唯一の、特別な、女の子。

——女の子。その単語の比重が不自然なほどに重くて、進夜は口を噤《つぐ》んだ。ほんの一瞬だけ、足元がほろほろと崩れるような不安を感じたが、慎重に呼吸をしてそれをやり過ごす。

「とにかく、これ以上ユータのこと傷つけるなら、あたし南くんのこと絶対に許さないから」

そう言うと、千波はぷいと進夜に背中を向けて歩き出した。ゆっくり小さくなっていく千波の背中から目を逸《そ》らし、進夜はため息をついて空を見上げる。

薄曇りの空なのに、今の進夜には痛いくらいに眩《まぶ》しかった。立ちくらみがして、近くの木に手をつく。そのままゆっくりと幹に左肩を預けた。そうしながら、もう一度ゆるゆると視線を上へ向ける。

大きく伸びた木の枝に、硬そうな蕾《つぼみ》の膨らみが見える。桜の木だったのか、と進夜はぼんやり思った。

春になったら花見に行こうと、星川と話したことがあったのを思い出す。

桜はきっと、もうあと何日かで咲きはじめ、咲いたと思ったらたちまちに散ってしまうんだろう。

季節は往くのがはやい。進夜が星川と過ごせる時間は、こうしているあいだにもどんどん残り少なくなっている。

そう思ったら、無性に星川の顔が見たくなった。


千波にずいぶん遅れて進夜が教室に戻ると、まだ星川はクラスに残っていて、数人の男子となごやかに談笑していた。彼は扉を開けた進夜をチラと一瞬だけ見て、気まずそうにゆっくりと視線を逸らす。ずきりと胸が痛むのを感じながら自分も目を逸らすと、帰り支度をしていた千波と目が合ってしまった。

これ以上ユータのこと傷つけるなら、南くんのこと絶対に許さないから。

　ふらりと、よろめくように一歩を踏み出す。

「……星川」

　近付いて、遠慮がちに声をかけた。自分の席に座っていた星川は、驚きに目を瞠《みは》って机の横に立つ進夜を見上げる。甘い色をした茶の瞳《ひとみ》が零《こぼ》れ落ちそうで、進夜はほんの微《かす》かに笑みを浮かべた。

「進夜……」

「その……、よかったら、一緒に帰らないかと、思って」

　散々避けたあとに、いきなり一緒に帰ろうだなんて、我ながら虫のいい話だと思った。断られても仕方がない。

「――――」

　長い沈黙に傷つく自分もひどく勝手だ。同じことを――もっとひどいことを自分は星川にたくさんしたのに。

「……いいの？」

　問われて、進夜はしばし星川を見つめた。星川の目に浮かぶ、困惑と安堵《あんど》。自分も、双子のように同じ目をしている気がした。

「うん」

　進夜が小さく頷くと、星川も「うん」と頷きを返し、喋《しゃべ》っていた友人たちに断りを入れると忙《せわ》しなく帰り支度を整える。鞄《かばん》に教科書を詰めていく指先を見ながら、進夜は「おれだって」と思った。

おれだって、星川を傷つけたいわけじゃない。そんなことを心から望んだことなんか一度だってない。本当は、いつだってこうやって一緒にいたかった。

「お待たせ。帰ろう？」

星川に促され、並んで教室を出る。

沈黙が重い。星川といて、こんなに居心地の悪い思いをするのははじめてだった。胸をサワサワと掻《か》かれ続けているような奇妙な感覚に、進夜は無意識に制服の上から胃の辺りを撫《な》でる。

「体調悪い？」

腹を撫でる仕種《しぐさ》を心配したのか、星川がひょいと首を傾《かし》げて進夜の顔を覗《のぞ》いた。

「ううん、へい、き――」

星川を見上げてそう答えた進夜は、ふいに感じた違和感に自分も首を傾げる。

「進夜？　どうかした？」

「――なんでもない」

なんだろう。隣にいるのが、星川ではないような気がする。

階段を下りて昇降口で靴を履き替える。下駄箱《げたばこ》を開ける星川の姿に、やっと進夜は感じた違和感の正体に気付いた。

「星川……背、伸びた？」

「え？」

きょとん、と星川が進夜を見下ろす。

「背？　多少は伸びたかもしれないけど……」

進夜との身長差を測るように星川がことさらに背筋を伸ばした。

「うーん……？」

「そんなに、目線変わらないと思ってた」

「今も、そんなに変わんないよ？」

星川は言ったが、進夜にはそうは見えなかった。身長、体格、どちらも自分とそう変わらないと思っていた。星川は高校生の平均くらいで、自分はそれよりほんの僅《わず》か華奢《きゃしゃ》で、と。

だけれど今の星川は、進夜の認識より軽く一回りは大きい。

「なら、体重は？」

「太ったかってこと？　なんで？　おれ、そんなになにか違う？」

進夜が目だけで頷くと、星川は「そうかな」と呟きながら、不思議そうに自分の身体《からだ》を見下ろした。

全然違う。首筋、肩幅。制服に包まれた胸板、腕。——てのひら。

自分の友人は、こんなに男らしい姿をしていただろうか。元々の眩しさに、力強さと逞《たくま》しさが合わさって、ひどく魅力的だ。

「おれのこと、忘れちゃっただけなんじゃない？」

「ちがう、そっちこそ……っ」

むきになって言い返しかけて、自分に星川を責める権利はないことを思い出した。言葉なかばで口を噤んだ進夜に、星川が「ごめん、今のナシ」と苦笑いを見せる。

「でも、本当に変わらないよ、ほら」

背比べをする子供のように、星川の手が進夜の頭のてっぺんへ伸びる。

「…………ッ」

知らない男の手が無遠慮に伸びてくるような恐怖に、進夜は無意識に一歩足を引いた。白木のすのこの規則的な隙間《すきま》に踵《かかと》が引っかかり、ぐらりと身体が真後ろへ傾《かし》いだ。

「進夜、あぶな……っ」

ちょうど伸びていた星川の手が、進夜の後頭部を包んで力強く引き寄せる。同時にもう片手に腰を抱かれ、進夜は倒れそうになったのとは逆の前方へ身体を投げ出す格好になった。

「――――」

なかば呆然《ぼうぜん》としていた進夜は、ほう、と耳元にかかった吐息にびくりと身体を強張《こわば》らせる。

「大丈夫？」

星川の声が、音と、それから胸からの振動で同時に伝わる。

「進夜？」

星川の腕に守るようにしっかりと抱えられ、全身が煮込んだみたいに芯を失くしてくたくたに柔らかくなる気がした。

「だ、だいじょう、ぶ……」

慌てて身体を起こして自分の足で立つ。ローファーに足を入れ、ありがとうを口の中でもたつかせながらそそくさと昇降口を出ると、星川が早足で追いかけてきた。

顔が熱い。心臓がうるさい。自分の身体を持て余す感覚に、進夜は星川に気取られないよう細く深呼吸をした。

星川が隣に並び、少し歩調を緩める。校門を抜けて、右に折れた。しばらく歩くと、運河を渡る橋だ。今日はまゆを迎えに行く予定もないので、それを渡ったところで星川と別れることになる。

話題らしい話題を見つけられず、また沈黙が落ちた。

一向におさまらない鼓動に、せめてなにか喋っていられればともどかしく思ったけれど、なにも訊《き》かれないことには安堵した。今までどうして避けていたのかと責められても、進夜はその答えを持っていない。

横を歩く星川の横顔をちらりと覗き見た。

やはり、顎《あご》のあたりが男らしいラインになった。本人は、毎日見ている自分だから気付かないだけなんだろう。

——千波は、星川の変化に気付いているだろうか。身近すぎるせいで、逆に気付いていないかもしれない。

そうだったらいいのに、と思った自分に、進夜は驚いて立ち止まる。

「……進夜？」

「あ、……ううん」

彼女が星川の変化に気付いていなければいい？　どうしてそんなふうに思ったんだろう。自分だけが知っていたとしたら、それがなんだというのか。

「………」

こんなのは、千波にぶつけられた熱のせいだと思った。彼女の怒りや強い意思が、進夜の微々たる競争心を刺激しただけだ。

そう結論付けて歩き出し、また足を止める。

競争心？　千波と競争を？　どうして、なんのために？

「本当に、どうかした？」

ひとりでいくらか先まで歩いていた星川が、気遣わしげな表情で戻ってきて、進夜のすぐ正面に立った。

「星川……」

「うん？」

一見、今までとなにも変わらないのに。

千波は星川が好きで、星川は進夜が好きで、けれど進夜と星川は男同士だから恋愛をすることはできない。

図にすればひどく単純なのに、複雑な知恵の輪のように決して崩れない。

星川が、と進夜は思った。

彼さえ千波を好きになってくれれば、すべてが丸く収まり、元通りになるはずなのに。

そうすれば、進夜と星川は変わらず友人同士でいられて、千波の恋はかなってふたりは恋人同士になる。

「――――」

ぎしりと、奇妙な音を立てて、胸のうちの重たい岩が身をよじるように動いた。鈍い痛みを感じて、進夜は思わず制服の胸元をぎゅっと摑《つか》む。

それは果たして本当に今まで通りだろうか。

星川と千波が並ぶところを想像してみた。そのときの自分の位置は、舞台上のふたりを眺める暗い観客席だ。

――違う。こんなのは自分の被害妄想《もうそう》だ。

「……おれが、進夜を困らせてる？」

遠慮がちに届いた星川の声に、知らず俯いていた顔を上げた。切なげに眉《まゆ》を困らせた微苦笑に、心臓を握りこまれたような気分になる。

逆だろうと言いたかった。進夜が星川を困らせている。

星川は、あの日進夜が立ち聞きしていたことを知らないから、自分の気持ちが進夜に知られているとは思っていない。突然避けたり、また近寄ってきたりする進夜に、困惑していないはずがなかった。

こんなのは傍《はた》から見たら、進夜が星川を振り回して消耗させているだけにしか映らないだろう。

ああそうかと、進夜はいまさらになって千波の怒りを理解した。もし同じように、星川の想いを知っていて振り回す人間がいたら、進夜だってきっと黙っていられない。

「ごめん……」

思わず呟いた進夜に、星川は「なんで？」と穏やかに首を傾げた。

どうしたらいいのかわからなくて、星川の顔もまっすぐに見られなくて、こんなのは進夜にとってもつらいことだったけれど、その結果、悪意に満ちた人間がするのと同じ行動をとってしまっているなら、それは自分の罪だ。

長い長い沈黙のあと、星川がゆっくりと息を吐いた。

「もしかして、進夜は――」

ザア、と音を立てて強い風が吹き抜け、星川はそこでいったん言葉を切った。舞い上がった砂埃《すなぼこり》に、進夜はきつく目を閉じる。

風が通り過ぎると、今度は無音になった。運河にかかる橋の上は人通りも途切れ、進夜と星川のふたりきりだ。

目を開けると、そこには進夜の胸のうちを探ろうとする星川の視線があった。

「進夜、おれ……」

痛みを堪《こら》えて色を失《な》くす星川の頬《ほお》を、進夜は黙って見ることしかできなかった。星川はなにを言おうとしているのか。もし、自分の想像通りなら、――好きだと言われたら、どうしたらいいのだろう。

宥《なだ》めても宥めても心臓がまともなリズムを取り戻さない。ここから逃げ出したくて、でもどうしてか、先を聞きたいような気もした。聞いても、到底受け入れられるとは思えない。

受け入れられない。でも好きだと言われたい。こんなのは、どうかしている。

「……なんでもない」

ほんの少しの力を入れても切れてしまいそうな、糸がピンと張った緊張感は、星川が穏やかに取り去った。

拍子抜けしたような、助けられたような。半々の気持ちで進夜が思わずホッと息をつくと、星川が少し笑った。それは、子供の小さな悪さを見て、あえて叱《しか》らず許すような、そんな表情だった。おとなびた顔つきに、進夜はバツが悪いような気分になる。

「おれ、アキ迎えに行かなきゃ」

だからここで、と星川が言った。

「また、」

「星川」

気がつけば、背中をどんと突かれたような勢いで星川を呼んでいた。引き止めてなにが言いたいわけでもなかったし、こうしてる時間が長引けば長引くほど、気まずくてしんどいのはわかっている。

これまでいつも辛抱強く自分を待ってくれていた星川が、進夜の逡巡《しゅんじゅん》を見ずに「じゃあ」と手を振り、背中を向けて駆け出した。

また明日と言ってもらえなかったのははじめてだった。

進夜たちの通う高校では、毎年クラス替えが行われる。

四月になり、星川とはクラスが離れてしまった。そうでなくても、進夜から誘って一緒に帰った日以来、再び星川との距離が開いてしまっていたのに、今では何日も顔を見ずに過ごすこともある。

「南ィ、なにボーッとしてんだ？　次体育だぞー」

「あ、うん。すぐいく」

星川のおかげで、去年同じクラスだった生徒たちは親しく接してくれる。この学校に来るまでだったら、それだけでも充分に満ち足りた学校生活だと思えただろうけど、今はもうだめだ。

同じ年の少年が、何百人仲良くしようと言ってくれたとしても、たったひとりの代わりにはなれないと思ってしまう。

進夜は、廊下にあるロッカーから体操着の入った袋を取り出した。

「南、急げよ」

——進夜、焦ると転ぶよ。

進夜が転ばないよと言って憮然《ぶぜん》とすると、星川は「そうかな、進夜って危なっかしいから、気をつけないと転ぶって」とからかう口調で甘く微笑《ほほえ》んだ。

じわりと胸に迫る苦さと甘さに、進夜はことさら音を立ててロッカーを閉めた。最近おかしい。なにかにつけて星川のことばかり思い出す。

「みーなみー？」

「うん……」

自分を呼ぶクラスメイトに並ぼうとした進夜は、廊下の向こうからやってくる人影に、おそらく誰よりもはやく気付いた。

「あ、星川じゃん。よーっす、久し振り」

「ぜんぜん久し振りじゃねーよ。——でも、進夜は久し振り」

正面からやってきた星川は、進夜たちの前で立ち止まると、にこりと笑う。

屈託のない爽《さわ》やかな笑顔が眩しくて、進夜は小さく頷くことしかできない。一方、横にいたクラスメイトは、不満そうに口を尖《とが》らせた。

「なんで南は久し振りなんだよ」

「だって三日振りだし」

進夜は軽妙に会話するふたりの陰でぱちりと目をまたたかせた。星川が自分と会った日を正確に覚えていることに驚く。

「俺なんか一週間振りにおまえと口きいたんだけど」

「そうだっけ？」

「星川って意外と薄情だな。まあ、しょうがないか、おまえたち去年べったりだったもんな」

クラスメイトは呆《あき》れたふうにそう言うと、「先に行ってるな」と更衣室のある一階へ駆けて行ってしまう。

「えーと、進夜、元気?」

「……うん」

星川が言うように、こうして会うのは三日ぶりだった。火曜日にちょうど登校時間が重なって、校門前から進夜の教室の前までを一緒に歩いたのだ。

些細《ささい》なことをはっきりと覚えている。そして、今日が金曜であることに落胆する。今週は二度しか会えなかった。

これはいったい、どういう種類の感情なのだろう。今まで誰相手にも抱《いだ》いたことがない。好意か悪意かでいうなら、間違いなく好意だ。それなら、自分を好きだといってくれた星川なら、答えを知っているだろうか。

「次、体育?」

「うん。星川は?」

「うちは化学」

――違う。

本当は、自分でも薄々気付いている。誰相手にもこんな気持ちになったことはない。だけど、『だからわからない』のではなくて、『だからそう』なのだ。ほかの誰でもない、星川に答えを求めようとしてしまうのも、きっと『そう』だから。

「進夜?」

星川の苦笑にはっと我に返る。微動だにせずじっと見つめていたのだろう。困惑の色が濃い笑みに、進夜はきまずく視線を床へ落とす。

「もうすぐチャイム鳴るよ」

この場を立ち去れない。もったいなくて、この時間を終わらせられない。だってもう進夜には、偶然に頼る以外に星川と話をする機会がない。

沈黙がいたたまれなくても、困らせているとわかっていても、授業に遅刻しても、させても、それでも。

自分の中に、こんなにわがままで熱っぽくて利己的で、それをわかっているのに少しも制御できない想いがあることが、少しこわかった。

頭上のスピーカーから、始業のチャイムが流れ出す。

次の授業は体育だ。更衣室に行かなきゃいけない。着替えて、授業に出ないと。

そう思うのに動けない。こんなのおかしい。どうしよう。

縋《すが》るように見上げると、星川がはっと息を呑んだ。お互いの目の中に、よく似た熱が潜んでいるのがわかる。

「——だめだ、おれ、勘違いしそうになる……」

いつも明瞭《めいりょう》な言葉を紡《つむ》ぐ星川が、口の中で掠《かす》れた声をもたつかせた。

「星川……」

一方で、自分からは蜜《みつ》のような声が出た。

——そして気がついたときには、驚くほど間近に。

吐息が、頰の産毛《うぶげ》にかすかに触れるのがわかる。睫毛《まつげ》の隙間から甘いキャラメルの色をした瞳が見えた。紅潮した頰に、睫毛の影が見えた。

こんな近くで彼を見たことがあっただろうか。

今、いったいどれだけ近くに星川はいるんだろう。

いつの間にか、周囲のざわめきが聞こえなくなっていた。意識の外に音があるのか、それとも本当にここにはふたりしかいないのか。

至近距離で星川の唇が動く。やっぱり音は聞こえなかったけれど、動きで自分の名前を紡いだのだとわかった。しんや。背中をささやかな衝撃が駆け抜ける。

「……あ、」

たまらず、目を閉じた。

そうした先に起こるだろうことは、本能が知っていた。きっと、触れる。

予感と期待に、小さく唇が震えた。

「——おい、そこ！」

突然轟《とどろ》いた野太い怒声に、進夜たちは揃《そろ》ってびくりと震え、お互いから飛《と》び退《の》くように距離を開けた。

声の主は、授業のため星川の教室にやってきた化学教師だ。

「なにふざけてる、チャイムはもう鳴っただろう」

一瞬止まったかと思った心臓が、とんでもないスピードで跳ねる。走ったあとのように胸を喘《あえ》がせながら、進夜はそっと星川を窺《うかが》い見た。

「――――」

耳まで赤い。星川は、「まさか」というような表情で、呆然と進夜を見ていた。

「星川、はやく教室に入れ。それと……南か？　授業はどうした、はやく行きなさい」

進夜は無言で頭を下げて、化学教師の横をすり抜けた。階段を駆け下りて、男子更衣室に飛び込む。始業のチャイムも鳴り終わっていたので、更衣室は無人だった。

閉めたばかりのドアによりかかり、そのままずるずると床にしゃがみこむ。

止める声がなかったら、あのまま星川とキスをしていた。

どうかしてる。学校の廊下で、男同士で、人目も憚《はばか》らずに、まるっきり衝動だけで。

ふたりの間に特別な引力があるような、強く引き合う感覚を思い出す。抗《あらが》えなかった。これしかないと思った。

体操着の入った袋を胸にきつく抱きしめる。

もう、ごまかせなかった。

知らないともわからないとも言えない。これがはじめての恋なんだと思い知る。

「……ばかみたいだ」

認めてしまえば、そんなのは今更だとすら思う。

雪の降るバレンタインデーも、一緒に除夜の鐘をついた大晦日《おおみそか》も、百合《ゆり》の花をもらった母の命日も、ずっと進夜は星川を好きだった。いつからなのかなんて、思い出せないほど前から恋をしていた。

「……きみが、好きだ」

ひとりきりの更衣室で、小さく呟く。

星川と、キスがしたかった。


その日の放課後、星川が進夜のクラスを訪れた。

「訊きたいことがあるんだけど、一緒に帰れる?」

真剣なまなざしに、進夜はこっそり胸をときめかせながら頷いた。それでも星川の緊張はほぐれず、並んで学校を出ても、しばらく彼は口を開かなかった。

「あの、さ」

運河にかかる橋を渡りきったところで、星川はようやく最初の一声を発した。

「……おれ、送るから、そっちの道行ってもいい?」

星川は、自分の家とは反対方向、進夜の自宅方面の遊歩道を、俯いたまま指さす。進夜は戸惑いながら頷き、再び並んで歩き出した。

「――あの、訊きたいことって?」

沈黙に耐えかねて、とうとう進夜から水を向ける。すると星川は「うん」と頷いて立ち止まった。

「あのさ……進夜は……」

「うん」

もし、好きだと言われたら、ちゃんと自分もだと言おう。迷ったり恥ずかしがったりせずに、はっきりと。

星川の向こうに、街の景色が見える。傾きかけた太陽の光がまろやかで、四月の風はふんわりとやさしくあたたかかった。

久し振りに、季節をしみじみと感じた気がする。緊張に息苦しいのに、透明で清潔な空気を肺の隅々まで行き渡らせたような心地よさがあった。

「進夜、――進路、決めた?」

やがて星川が決心したように咳払《せきばら》いをしてから口にしたのは、そんな問いだった。予想外の質問に、進夜は「え?」と目をまたたかせる。

「いや、まだだったらいいんだ。だけど、おれたちもう三年だし……」

進路。三年。ひどく現実的な話題が、逆に遠い世界のことのようだった。

「しん、ろ……」

遅れてじわじわと羞恥心《しゅうちしん》が湧《わ》き上がる。受験を控えた高校三年生が、将来のことも考えずに単純に恋だけに浮かれるはずがないのだ。好きだとか自分もだなんて、目先のほんの一瞬のことしか眼中になかった自分が恥ずかしい。

「就職、ってことはないよな。進夜、進学だろ？　志望校とか、具体的なことじゃなくて、ええと……ランクくらいでもいいんだけど、考えてることあったら教えて？」

考え考え話す星川の言葉が、重たい幕を開けるように進夜の視界をひらいていった。空が突然倍の広さになるようで、自分の小ささを痛いほどに実感する。

「星川は……」

「うん？　おれ？」

「本当に、すごいな」

きょとんと目を瞠《みは》った星川は、それからゆっくりと微苦笑した。

「なんかそれ、前にも聞いた」

「うん。……きみと話すといつも思う。おれの世界を広げる、とびきり特別な人だって」

「――とくべつ」

高校最後の年をここで過ごして、その後はまた父についてどこか遠いところへゆく。星川といられるのは、それまでのあいだだけ。進夜の頭にはそういうビジョンしかなかった。けれど、実際は違う。進夜は受験生で、進学先によっては、親元を離れることだって可能なのだ。どんな進路を選ぶにしても、なんらかの手段で、星川との接点を捨てずにおくことができるかもしれない。自分がそう望んで、星川も同じ気持ちでいてくれるなら、方法はきっと、いくらだってある。

こんな簡単なことすら思いつかず、考えること、努力することをすべて放棄していた自分に驚く。そして、簡単に目の前の可能性を見せてくれた星川の言葉と存在の威力にも。

本当に、星川がいなかったら自分はどうしていたんだろう。進学、就職。そんなことは、親の事情とは関係なく、いつか必ず考えなければいけないことだ。今だって遅いくらいなのに、もしひとりきりだったら、それにいつ気付けたか。

「考える」

「え？」

「ちゃんと、考えてみる。考えて、答えが出たら一番に星川に話すよ」

そう言うと、星川はホッとしたように吐息して、それから柔らかい笑みを浮かべた。

「うん、ありがとう」

ありがとうは、進夜の台詞《せりふ》だった。だけど、とてもそんな一言で伝わりきる感謝ではなくて、進夜は同じようにありがとうとは言えなかった。

以前、何度も星川からもらった「好き」にも、やっぱり同じ言葉を返せなかったことを思い出す。自覚はなかったけれど、きっとあの頃からずっと恋だったんだと、今ならわかる。

「なるべくはやいと助かる。進夜頭いいから、同じ大学行くなら的絞って勉強しないとやばいし」

「……星川」

「あ、今おれ同じ大学行きたいって言っちゃった？」

しまった、と頭を掻いて空を仰いだ星川が、小さく唸《うな》ってからちらりと進夜に視線を戻した。

「あわよくば、とは思ってるけど、絶対ってわけでもないから、あんま気にしないで」

どういう意味？　と進夜が問うと、えーと、と星川は困ったように言葉を探す。

「同じ大学行きたいなとは思うけど、学部のこととか、偏差値のこととかあるだろ。できることとできないことがあるし、したいこととしたくないこともあるし。おれ、努力はするけど無理して合わせるつもりはないから、進夜にも無理して合わせてほしくないんだ」

話しながら、星川は遊歩道から国道に出る階段を上りだした。進夜もその背中を追ってあとに続く。

「進夜はやさしいから、おれが同じ大学行きたいって言ったら、おれに合わせて学校決めてくれそうだけど、そういうの、ナシで」

自分と揃いの詰襟《つめえり》に包まれた背中が、まっすぐに伸びていてきれいだと思った。星川は決して、進夜の視界を狭めることをしない。それと同じように、自分の姿勢を崩すこともないんだと知る。

「……なんか、図々《ずうずう》しいこと言ったよね、おれ」

「え?」

「進夜もおれと同じ大学行きたいって思ってること前提で喋った気がする。——今の話、やっぱり半分忘れて」

「半分って、どこが半分?」

振り返った星川が、眉を弱らせた情けない表情をしているのを見て、進夜はついくすりと笑ってしまう。「意地悪言うなよ」と星川は唇を尖らせたが、すぐに笑顔になった。

「でも、話してよかった。またこうやって、進夜と話せるようになってよかった」

南家の門扉《もんぴ》の前で、星川が立ち止まる。進夜はその先の質問のために身構えたけれど、彼はなにも訊《たず》ねなかった。どうして避けたのか、どうしてまた話しかけてきたのか。そのどちらの質問もされないことに、安堵している一方で、はがゆくも思った。もし訊かれたら、洗いざらいを話すのに。

二月の雪の日に、きみの気持ちを盗み聞きしたんだ。混乱して長いこと避けてしまったけど、今はおれも、きみのことを好きだと思っている。

「——おれさ、今までも何度か思ったことがあるんだ」

もどかしい沈黙のあとに、星川はゆっくりと、探るような口調でそう呟いた。

「もしかして、進夜はもうとっくに、気付いてるんじゃないかって」

どきり、と心臓が鋭く跳ねる。なにを、と訊ね返すことはできなかった。

「進夜、おれ……」

進夜の目に、渇いた唇を湿らせる星川の舌が映る。一瞬で、あの、唇が触れ合いそうになったときのことを思い出した。今日起こったばかりのその出来事は、触れた吐息や見えた睫毛などは鮮やかなのに、輪郭が夢のようにぼんやりと曖昧《あいまい》だ。

「おにいちゃん！」

「…………ッ」

「————！」

突然うしろから腿《もも》にぶつかった衝撃に、進夜の身体が傾ぐ。星川が、両手を広げて倒れかかった進夜を抱きとめた。

星川のほわりとしたあたたかさが、たちまちに全身を満たすようだ。力が抜ける。

「ただいま！」

脚にしがみついたまゆが、キラキラした笑顔で進夜を見上げていた。まゆの後ろのほうには困ったように微笑む義母の姿もある。進夜は星川に縋りつくような体勢で呆然と「おかえり」と言った。

「アキくんのおにいちゃんもただいま！」

「……お、おかえり、まゆちゃん」

星川のほうも、進夜を抱いたまま呆《ほう》けたようすで返事をする。

「あそびにきたの？」

母親に窘《たしな》められ進夜の脚から離れていきながら、まゆが小鳥のようにちょんと首を傾げる。

「ううん、お兄ちゃん送ってきただけだよ。もう帰る。またね、まゆちゃん」

「……ほんとに、また？」

星川が進夜の身体を離し、しゃがんでまゆの頭を撫でた。

「ほんとだよ。ね、進夜？」

まゆと星川が、揃って同じ高さから進夜を見上げる。澄み渡った瞳が、他人なのによく似ていた。出逢ったときよりずっと男らしい表情をするのに、星川の中に色濃く少年っぽさが残っているのは、この純粋な瞳のせいなのだと感じる。

もう一度、しみじみと、好きだと思う。

それは、憧《あこが》れでもあったし、理想でもあって、でも絶対に恋だった。

おかしいとは思わなかった。間違っているとも思いたくなかった。

彼に出会って、彼を好きにならないなら、好きになってはいけないのなら、ほかになにが恋なのかわからない。

もし、星川の気持ちを聞いていなかったら、すぐには気付けなかったかもしれない。だけど、遠い未来でも、いつかきっと思い知っただろう。この気持ちが、友情なんかをとうに飛び越えていることを。

「うん、まゆ。本当に、また、だよ」

ひとつずつを嚙《か》みしめるように答えると、ぱっと満面の笑顔になったのはまゆより星川だった。

「じゃあ、おれ帰る」

「うん。――星川」

「ん?」

「……また、明日」

思い切って、先にその言葉を口にしてみる。星川は驚いたような顔で進夜を見返して、それからじわじわと頰をゆるませた。

「うん、また明日。昼休み、進夜の教室に行くよ」

「進路のことで、相談があるんだけど」

夕飯の席で進夜がそう切り出すと、父は手にしたビールのグラスをテーブルへ戻して「そうか」と言った。

進夜は、単純に理系か文系かと問われれば、どちらかといえば文系が得意だ。テストの点数は、どの教科も平均点より若干上回る程度だったが、常にまんべんなくそれなりの点数が取れるので、成績は良いほうである。

帰宅してからのたかだか何時間かでは、具体的にどこの大学でなにを学びたいということまでは考えられなかったが、それでもいくつか興味のあることを拾い上げることはできた。なにより第一に、親元からの自立。高校卒業を機に家を出たいという希望は、はやい段階で伝えておこうと思った。

けれど父は、進夜が口を開く前に「その前に」と苦い顔で家族全員の顔を順繰《じゅんぐ》りに見た。

嫌な予感に、進夜はゆっくりと吸い込んだ息をそのまま止める。

「東京の本社に戻ることになった」

「…………っ」

悪い予感ほどよく当たる。

「なに、それ。――いつ？」

「辞令は六月一日付けだから、俺はそれまでに引継ぎをして東京へ行かなきゃいけない」

思わず壁のカレンダーを振り仰いだ。今は四月の終わり、ゴールデンウィークの直前だ。六月までなんて、あとひと月足らずしかない。

「そんな……急に……」

呆然と呟いた進夜に、父は憐《あわ》れむような申し訳なさそうな表情を向ける。

「時期が中途半端だから、当面は俺ひとりで生活しようと思っている。進夜の転校は夏休み明けでいい。それまでは、母さんとまゆと、ここに残ってくれ」

「じゃあ……ここには……」

「今学期が終わるまでだ」

父の声からは、すでにそれをはっきりと決めているのが容易に伝わってきた。これは相談ではなく、家長の決定だと。

父が家族にどうしたいかを訊ねないのはいつものことで、これまでも、南家は何度もそうして転居を繰り返してきた。その度に進夜は「またか」とため息をついてきたけれど、それ以上のなにかを感じることはなかったし、もちろん反発する気持ちも起きなかった。

けれど今回に限っては、ショックと同時に仄《ほの》かな怒りがこみ上げてくるのがわかる。

どうしてそんな、こっちの意見も事情も聞かずに。

「ねえ？」

ぐっと唇を噛んだ進夜の代わりに、おっとりと声を挟んだのは義母だった。

「だけど、進夜くんは受験生だし、卒業までは環境を変えないほうがいいんじゃない？　私もまゆも、春までこっちに残ってもいいわ」

思いがけない申し出に、進夜は驚いて義母を見た。彼女は、なにかを理解しているような深い思いやりを含んだ笑みで進夜を見返し、静かに頷く。

「いや、俺《おれ》は進夜のためにも、今学期が終わり次第東京に移るべきだと思う」

自分のために？　なにをしてそう言い切るのかがわからず進夜がむっと眉をひそめると、父は「それで」と正面から進夜を見つめた。

「進路を、どうしたいって？　東京の大学に行きたいんじゃないのか？」

ぎくりとする。たしかに、首都圏の大学に行きたいから家を出たいと言うつもりでいたからだ。

「それなら、予備校に通うにも受験するにも、東京にいたほうが都合がいいはずだ。そう思わないか？」

「それは……」

たしかに、父の言うとおりだった。けれど、地方に住む受験生は誰もがそういう環境の中からでも都会の大学を受験している。家族揃って東京にいたほうがあらゆる面で負担は少ないだろうけれど、そのメリットは進夜にはまったく響いてこなかった。

だって、ここを離れてしまったら。

星川と過ごせるかもしれない時間をすべて捨てることになる。同じ学校で過ごす、二回目の夏、秋、冬。

『今年もよろしく』

年が明けて、最初に星川と交わした言葉がよみがえる。あれは、今年も一緒にいたいという意思表示だった。一緒にいるよという、約束だった。

「だけど、おれは……」

「進夜」

父に逆らったことなんかない。おとなの世界で決まったことが自分の力では変わらないのを、進夜はもっとずっと幼い頃に知った。それでもなんとかして紡ごうとした反論が、父のきっぱりとした声に遮《さえぎ》られる。

「高校を卒業したら家を出たい。おまえはそう思っているんだろう?」

父のその指摘も図星で、進夜はぐっと言葉に詰まる。

「そう言うだろうと思っていた。だからこそ、最後だと思って、俺のわがままを聞いてほしい」

父親にまっすぐ見つめられ、進夜は口ごもった。

「せめて来年の春までは、家族四人揃って暮らしたいんだ」

「…………」

こんなのはずるい。そう思うのに、父の願いを拒否して意見を戦わせることはどうしてもできない。

家族、と言われてしまったら、頷くしかないじゃないか。ここで、「友だちと離れたくない」なんて言えるはずがない。

比べられないくらいに、星川のことが大切だし好きだと思っている。それでも、これまで家族と過ごした時間や血の繋《つな》がりを、無理矢理天秤《てんびん》のもうひとつの皿にのせられたら、それは——。

「……わかった」

頷くと、父は安堵の息をついて「ありがとう」と言った。

「進夜くん……」

義母が、思慮深いまなざしで心配そうに進夜を見た。「本当にいいの？」と訊ねる視線に、ああそうかと進夜は思う。義母は夕方星川の姿を見ている。進夜が、ここに友人ができたから残りたいと思っていることを察したのだろう。

進夜は義母に小さく頷いてみせた。

落胆はしたけれど、絶望はしていない。星川の存在は、それこそ暗闇《くらやみ》の中でも一番星のように、進夜の中に明るく灯《とも》るものだった。

星川と会えたから絶望しないで済んだ。だけど、星川と出会ったから深い落胆を知った。

心は複雑で、単純で、ひたすらに恋だった。


翌日の昼休み、予告通りに星川は進夜の教室にやってきて、「昼飯行こう」と朗らかに笑った。

「うん」

弁当を手に、星川と連れ立って教室を出る。廊下に差し込む日差しは、春を通り越して初夏を思わせた。

「……そういえば、花見できなかった」

進夜と同様、星川も外を眺めていたらしい。すっかり緑に染まった桜の木を見て残念そうにする星川を見上げ、進夜は「そうだね」と頷いた。

「来年は行こう。おれ、超穴場知ってるんだ。ここからはちょっと離れてるんだけど、自転車ならいい距離だよ。すごくきれいに桜咲くのに、ぜんぜん人こなくて静かなんだ」

来年。来年の桜の頃、進夜はここにはいない。今日は、やはりそれを星川に話さなくてはならないと思った。

同意できず俯いた進夜に、星川が不思議そうに首を傾げる。

「進夜？」

「うん、大丈夫」

ちゃんと話すよ、と言うと、星川は「進路のこと？」となごんでいた目元を引き締めた。曖昧に首を振ってその場をごまかす。星川は「おれもちゃんと話さないとな」と自分に言い聞かせる口調で呟くと、進夜を校舎の屋上へ誘った。

よく晴れた昼の、一番太陽が高い時間。屋上は、あたたかい風がそよりと吹いて心地よい。広々としたスペースには、パンジーを植えたプランターと木のベンチが規則的に並んでいる。進夜と星川は、空《あ》いていたベンチのひとつで食事をすることにした。

「なにか、心配事？」

先に口を開いたのは星川だった。進夜の表情の変化を見逃すまいとする真摯《しんし》な瞳が、まっすぐに注がれる。

「心配というか……」

昨夜は、多少の期間離れていても、同じ大学を目指すなら大きな支障はないと思っていた。星川は明らかに、今まで通り過ぎてきたたくさんの同級生たちとは違う。お互いにまだ言葉にはしたことがないけれど、離れる距離や時間を乗り越えられるはずだと思った。

けれど、実際こうして隣に座って視線を合わせて会話をしてみると、これまで当たり前にしてきたことのすべてが取り上げられることへの強い恐怖が生まれる。

「――引っ越すんだ」

ぽつりと、乾燥した抑揚のない声が自分から零れ落ちた。ため息のように簡単に出た言葉に、進夜は自分でびっくりする。

「……え？」

星川の眉がきつくひそめられた。

「え？　今なんて？　……引っ越す？」

困惑したようすで、星川がさかんに首を捻《ひね》る。彼の落ち着かない仕種に、進夜の手にはじっとりと汗が染み出した。

本当に、自分には驚くほどに想像力がないのだと思い知る。

他人と縁遠く過ごしてきたせいか、自分が相手に及ぼす影響や、さらにそれで響き返ってくる自分への影響を考え付くことができない。

ここを離れることを告げて、星川がどう思うのか、どう行動するのか。それが、自分にとって幸となるか不幸となるか。

恐怖がますます肥大して、進夜の全身を包み込む。

「引っ越す、って……、いつ？」

星川の声も、自分と同じようにぱさぱさに乾いてひび割れていた。ぞっと背筋に冷たいものが駆け抜ける。

「今学期が、終わったら」

「そんなの……っ」

星川が、勢いよく立ち上がった。半透明のビニール袋がベンチから落ちて、三角のおにぎりが地面に転がる。進夜は星川を追って視線を上げたが、日差しが眩しすぎて、目を閉じて顔を逸らしてしまった。

「一年しか、ここに住んでないじゃんか……」

「……うん」

「夏休み、は?」

「――引っ越し先が東京だから、向こうの予備校で夏期講習を受けることになると思う」

どすんと、星川がベンチに戻る。

「……おれ、さ」

背もたれはないのに、ぐうっと背中を反らして空を見上げる星川の横顔を、進夜はおっかなびっくりで盗み見た。

「進夜に、言わなきゃいけないことがあった」

過去形の言葉に、息が止まる。

「多分、進夜も気付いてて、……おれの自惚《うぬぼ》れじゃなければ、同じこと思っててくれてるんじゃないかなんてことも思ったりして」

ゆらりと星川の身体がまっすぐに起きる。凜《りん》と前を見る星川の、頬に張りついた淡い緊張から目が離せなかった。

「だけど……」

星川がゆっくりと首を巡らせて進夜を見た。澄んだまなざしがしっかりと進夜を捉える。

家族と星川を左右それぞれにのせた天秤が、胸の中にある。昨日はたしかに片方が重かったはずのそれが、今はゆらゆらとどっちつかずに揺れ動いていた。

星川が手を握っていてくれるなら、ほかのすべてを捨てられるんじゃないだろうか。彼を捨てるくらいなら、ほかを、全部——。

けれど、それはあまりに非現実的だった。

そう思う気持ちがあったからといって、思うままに振る舞える人間ばかりじゃない。昨夜の父親の言葉を思い出せば、進夜は悲しいくらい容易に踏みとどまれてしまう。妻を亡くした父の願い、血の繋がらない義母の気遣い、まゆと繋いだ手、星川が母にとくれた白い百合の花。すべてが進夜を家族に繋ぎとめようとする。

「だけど、言ったらきっと、進夜を困らせるよね」

はっと進夜は目を瞠らせた。

星川に、自分の迷いを見透かされている。

それはひどく恥ずかしいことで、同時にひたすらに申し訳ないような気持ちにもなった。好きだと言われても困るだろうなんて、星川に言わせたのが自分だと思うと、胸が痛くてたまらなかった。

自分は彼に、好きだと言われる資格も、言う資格もない。

こんな、先のビジョンのひとつも持てない弱い自分が、誰かと一緒に生きていくなんてできるわけがないのだ。歩くのにも遅れて、繋いだ手に負荷をかけるのが目に見える。

「………」

春の日差しはうららかで、屋上からの眺めは遥《はる》か遠くまで穏やかで、隣には大切な初恋の人がいる。

けれど沈黙は息ができなくなるほど重くて、進夜の心を深く深く沈ませた。

今、このときになにも言えない自分が、なにより嫌いだと思った。

六月になり、父が一足先に東京へ発《た》った。これからのひと月半は、義母とまゆとの三人暮らしになる。これまでにも、同じような状況で三人で暮らしたことがあったが、今回が一番気持ちが楽だ。他人の家庭に預けられたような緊張感が、これまでよりずっと薄い。

「おにいちゃん、みずたまり！」

それは、すっかり懐いたまゆの存在によるところが大きい。引いては、まゆと手を繋がせてくれた星川のおかげだ。

一部分だけが透明になった子供用の傘をさしたまゆが、空いた手を進夜に伸ばす。ジャンプに手を貸して水たまりを越えさせてやると、まゆは明るく声を上げて喜んだ。

梅雨《つゆ》に入り、雨の日が続いているが、小さな子供は元気だ。進夜とまゆが歩く少し前では、星川兄弟が水たまりを踏んで飛沫を上げている。

今日、幼稚園に弟妹を迎えに行こうと誘ってきたのは星川だ。進夜は少し躊躇《ためら》って、空模様を見てから誘いを受けた。

もう、これまでのように星川と手を繋いで歩くことはできない。だけど雨の日ならば、片手が傘で塞《ふさ》がっているからまゆとだけ手を繋げばいい。送られたり送ったりだって、足元が悪いからしないだろう。

こんな後ろ向きな計算さえ、星川には見抜かれているような気がした。もしかしたら、こんな雨の日を、わざわざ彼が選んでくれたのかもしれないとさえ思った。

「進夜」

顔を上げると、遊歩道におりたところで星川が立ち止まっている。一緒に歩く道はそこまでだった。この先、お互いの自宅へは反対方向になる。

「………」

じゃあ、また。

そう言おうとした瞬間、強い風が吹いた。

「……あっ」

突風に傘を持っていかれそうになり、まゆの身体が傾いだ。そのまま転がってゆきそうな軽さにぎょっとして、進夜は自分の傘を放り出し、両手でまゆの身体を抱き寄せる。

風はたった一瞬で駆け抜けてぴたりと止《や》んだ。ホッとしてまゆを離し、レインコートの帽子が脱げた以外に異常がないことを確認する。

「……おにいちゃんの、かさが」

まゆの呟きに、星川の弟がぱたぱたと運河のほうへ駆けていく。

「ふねになってる！」

「なんだそれ」

鉄柵の隙間から運河を指さす弟の発言に首を傾げながら、星川が進夜に自分の傘をさしかけた。

「大丈夫？」

「うん、平気」

「まゆちゃん、傘と一緒に飛んでいっちゃいそうだったな」

朗らかな笑顔に、じわりと胸があたたまる。

「にーちゃん、ほら、みて！」

星川の弟が指さすほうを見ると、暗い運河に進夜の紺色《こんいろ》の傘が柄を上にしてぷかぷかと浮いていた。

「なるほど、たしかに舟だな」

星川は、揺れながら流されていく傘と、呆けたままの進夜と、しょんぼり肩を落とすまゆを順番に見て、小さく苦笑した。

「家まで送るよ」

「え？」

「まゆちゃんの傘じゃふたりは無理だろ。アキ、今日遠回りな。まゆちゃんとしっかり手繋いでおけよ」

弟に声をかけると、星川は進夜を促して歩き出す。

「………」

「進夜、離れないで。濡れるよ」

歩くのに合わせて軽くぶつかり合う肩を気にして距離をとると、星川がやさしくその分を詰めてくる。ふたり分の制服越しでもじんわりと体温が伝わってきて、進夜は俯いて頬を染めた。

手を繋いで少し前を歩く、妹と星川の弟。並んで歩く、自分と星川。

あと何度、こうして一緒に同じ道を歩けるのだろう。いつが最後になるのか。その日がきたら、もう、二度と。

先ほど吹き抜けた嵐のような突風が、今度は自分の胸の中で激しく吹いた。

浚《さら》われそうで思わず立ち止まる。きれいに舗装された道の、規則的なブロック模様がゆがんで見えた。泣きそうになって、息を止めて、進夜は行き止まりまで残りわずかな舗道をじっと見つめる。

「進夜？」

運河沿いの長い遊歩道。ここは自分にとって特別な場所だった。過去や未来の、ほかのどんな場所よりも。

だってここは、きみとはじめて会った場所だ。

あの日走る星川を見て、それからすべてが変わった。

「どうしたの、進夜」

「……平気」

少し先で立ち止まった星川が、自分が濡《ぬ》れるのも構わず傘をすべて進夜に差しかけてくれていた。慌てて隣に寄り添うと、星川は唇だけで小さく笑い、さっきまでよりずっとゆっくりのペースで歩き出す。

「あらためて、思い出して……」

他愛のないことだけれど星川にも知っていてほしくて、進夜は口を開いた。

「なにを？」

「この街にきて、はじめてこの道を歩いたときに、おれ、星川に会ってるんだ」

「……え⁉」

「会ってるというか、星川は向こうから走ってきて、……ただ、すれ違っただけなんだけど」

そっか、と星川が呟く。

ふいに千波の声を思い出した。ずっと続けてた陸上をやめなきゃいけなかったときも。彼女はそう言っていた。星川は走ることを『やめなければいけなかった』。

「どうして」

「え？」

「どうして、陸上、やめたの？」

取り繕いようもないくらいに、声が震えた。他人に踏み込むことはおそろしいことだ。聞いてはいけないことかもしれないとわかっていることを訊ねるのは、無遠慮で、無神経で、恥ずかしいことで。

だけどきみのことが知りたい。きみのことを、もっと。

「――訊いてくれるの、進夜」

じっと待っていると、星川は少しも不快そうな素振りをせずに、むしろ、身を乗り出すような反応をしたので驚く。

「おれのこと、知りたがってくれるの？」

はっとした。届いている。気持ちが、想いが、望みが。

「……でも、すごく簡単で普通の話なんだよね。怪我《けが》したんだよ」

さらりと流れ出したけれど、その声がほんの少しガサついているのに進夜は気付いた。

「アキレス腱《けん》やっちゃって、今はもう、日常生活も体育の授業も平気なんだけど」

うん、と進夜は小さく相槌《あいづち》を打った。星川が、考えながらゆっくりと、けれど明瞭な言葉と声で、自分のことを伝えてくれようとしているのがわかる。

「陸上部ではリレーやってたんだ。四百メートルリレー。百メートルずつを四人で走るんだけど、もう、すごい楽しくて。リハビリ終わって、本当は陸上部に戻ろうと思ってた。でもさ、リレーって、当たり前だけど、ひとりでやるもんじゃないんだよね」

進夜は顎を引いて、視線だけで掬《すく》い上げるように星川の表情を窺った。星川は逆に、顎を少し上げて低い空を見上げている。「雨止みそうだね」と星川が言うので、進夜は「そうだね」と答えた。

「話し合って、ケンカだってして、何度も何度も繰り返し走って、また話し合って、全員でタイム縮める努力をする競技なんだ。だけどおれはもう、どんなに頑張っても前より速くは走れなくなった。おれは、」

じゃり、と星川のスニーカーが地面を這《は》って濡れた音を立てた。足取りが重くなるような話をさせている。だけど最後まで聞きたい。

それは義務でもわがままでもなく、シンプルに欲望だった。

「おれはリレーが好きで、リレーじゃないとだめで、だからもう陸上に一生懸命にはなれないって思った」

おしまい、と言って星川が立ち止まる。もう進夜の家の前だった。

本当はきっと、と進夜は思う。本当はきっともっとたくさんの葛藤《かっとう》や苦しみがあって、だけど星川は健康で成熟した精神でもって、それらを飲み込み乗り越えたのだろう。伸びやかな身体に挫折《ざせつ》を刻んで、だから星川はやさしくて、人を惹《ひ》き付ける。

「おれが陸上やってたこと、誰かに聞いたの?」

「……うん」

「ありがとう」

思いがけない言葉に、進夜は目をまたたかせて星川を見上げた。

「おれのこと知りたいって進夜が思ってくれたのが嬉しい。話せてよかった。ありがとう」

はにかむ笑顔の特別なやさしさに、胸が詰まる。

「おれ、こそ……っ」

向かい合った正面の星川の、傘を持った指に自分の手を重ねた。なにをどう伝えたらいいか、拙《つたな》い自分なりに必死に頭を働かせる。

「話してくれてありがとう。聞かせてもらえて嬉しかった。はじめて見たとき、星川が走ってる姿が本当にきれいで、スローモーションみたいで、おれにとってそれは、本当に特別な時間で。おれはずっと、走るきみのことを知りたかったんだって、思う」

うまく選べないし繋げられない言葉のもどかしさに、指先がもがくように星川の指に縋ってしまう。

「……進夜」

宥めるように、星川の空いた手が進夜の手に重なった。慈しむように手の甲をゆっくりと撫でられる。想いが肥大して、大声で喚《わめ》き出したいような衝動が喉元《のどもと》まで込み上げた。

「だから、おれは……」

だから。

「だから、おれは、きみが——っ」

好きなのだ。なんでも知りたくて、知ってもまだ足りなくて、どうしたらいいのかわからないくらい好きで、好きで。

だけど、言っても。——言ったら。

『だけど、言ったらきっと、進夜を困らせるよね』

そうだ。来月自分はここからいなくなる。好きだと言って、星川に応《こた》えてもらえたとして、だけど、その先は。

言ったらきっと星川を困らせる。

星川はきっと、進夜に誠実であろうとしてくれる。そしてすすんでたくさんのことを背負い込むだろう。それを重荷とは少しも思わずに。

進夜を困らせると言った星川も、同じように考えていたのかもしれない。

自分はおそらく、星川に相応《ふさわ》しくなろうと必死になって、考えすぎて、疲弊する。それは進夜にとっては当然の努力だし厭《いと》いたくないことだけれど、それを星川が望むかと問われれば違うと思った。

きっときみを困らせる。

自分たちの想いはこんなところまで悲しいくらいに同じだ。好きだからこそ、好きだなんて簡単には言えない。

だけど、そういう星川だから好きになった。

「おにいちゃん、おうちはいらないの?」

まゆの声に、星川と重ねていた手を離した。

「……進夜、またね」

「うん。……送ってくれてありがとう」

ぎこちなく言葉を交わして別れる。星川の背中を見送りながら、進夜はひとり胸の中で繰り返した。

好きだよ、きみが好きだ。


短い梅雨が終わり、本格的な夏が訪れた。引っ越しの準備をしつつ定期試験に備え、受験勉強も本格化する高校三年の七月は、毎日が飛ぶように過ぎていく。

星川とは、ことさら距離を取るわけでもなく詰めるでもなく、自然のままに過ごした。顔を合わせても合わせなくても、変わらず好きだと思うし、真摯な想いを向けられていることを感じる。けれど荒れて乱れて制御できないくらいだった頃と比べると、心は意外なくらいに凪《な》いでいた。

もうすぐ最後だからかもしれない。大袈裟《おおげさ》なたとえをするなら、死の覚悟ができた、というような心境なのかもしれなかった。この恋はもうすぐ終わる。あとは、最後の一日までを、後悔しないように、耳を澄ませて瞳を凝らして大切に暮らしたい。

そうしているうちに、最後の日はやってきた。

転居を翌日に控えた終業式の日のホームルームで、担任教師の口から進夜の転校が告げられる。

南からもなにか一言、と担任に言われて席を立った。慣れるくらいには繰り返してきたパターンだ。

「短いあいだだったけどいろいろありがとうございました、楽しかったです」

言いながら、今年は星川と同じクラスでなくてよかったと思った。今この教室に星川がいたら、なにも言えなくなっていただろう。ありがとうなんて、楽しかったなんて、そんな言葉じゃとても伝わりきらないくらいに、星川にはたくさんのものをもらった。両手で抱えても、零れてしまうほど。

ホームルームが終わると、教室の外で星川が待っていた。

「……一緒に帰ろ」

「うん」

特別に話すことも見つからなくて、その日の帰り道はふたりとも無口だった。別れの前らしい湿った会話も、虚勢を張ってなんでもない日常を装うこともしたくなかった。ただ自然でありたい。自然な自分で星川の近くにいたい。

「明日、何時くらいにここ出る？」

「引っ越し業者は朝十時にくるって」

「手伝うことある？」

「――大丈夫だよ」

「……なら、見送りにだけ行くから」

星川に見送られてこの地を去ることを想像した。きっと自分は泣くだろう。そう思ったけれど、これきり会わないまま行くのはいやだった。泣いてみっともないところを見せても、それでも。

橋を渡りきったところで、じゃあ、と言って別れた。

――もう二度と、こうしてふたりでこの道を歩くことはない。

一歩、二歩と、進むたびに足が震えた。

進路の話はとうにしていた。同じ大学の、違う学部を目標に勉強をしている。最後じゃない。きっとまた繋がる。そういう努力をしている。

それでも震える足が進まなくなった。立ち止まって、深呼吸をする。もしかしたら、振り返ったら。

そこにまだ星川がいるかもしれない。だけど、もう姿がなかったらと思うとそのほうがこわくて振り向けなかった。

ほろりと涙がこぼれる。スン、と鼻をすすったら少し気が抜けて、よろめくように前へ足を出せた。

最後じゃない。何度そう言い聞かせても、今日はたしかに最後の日だった。

ほとんどの荷造りを済ませた部屋は、ダンボールがひしめていていて殺風景だ。なにをしようにも、それがダンボールの中であることを思い出して断念する。時計を見るとまだ九時だったが、もう寝てしまおうかと思いながら進夜は小さくため息をついた。

目の周りが熱を持ってぼんやりと重ったるい。転校がいやで泣くなんて、小学生以来だ。あの頃はまだ、いろんなことを簡単には諦められなかった。

そして、そうか、諦められないから泣くのか、と気付く。

諦められない。諦めたくない。泣けば叶《かな》うなら、いくらでもいつまでも泣くのに。だけど結局はいつも同じだ。変わらないし、叶わない。

――絶対叶う。

ふと、星川の言葉がよみがえる。ずいぶんと前の記憶だ。

『なにも特別な日じゃなくても、流れ星がよく見える。不思議だけど、ここはそういう町なんだよ』

転校初日、はじめて一緒に帰った日のことだった。流れ星。そういえば、一年近くここに住んだけれど、まだ一度も見たことがない。

今外に出たからといって流れ星が見られるとは限らなかった。だけど、出なければ絶対に見られない。星川ならそう言う気がして、進夜は足音をひそめて階段をおり、そっと家を抜けだした。

足は勝手に運河沿いの遊歩道へ向いた。夏の夜。水辺だからか、風が吹くと涼しいくらいだった。夜空を見上げながらゆっくりと歩く。やっと慣れた道。過去にもきっと未来にも、進夜が一番好きな道。

それから、空。

——前住んでたところはどんな空だった？

そう尋ねられたときから、きっと自分の恋は萌《きざ》しはじめていたのだろう。思い返せば思い返すほど、きっかけは前へ前へとさかのぼる。

「——あ！」

思わず声を上げた。視界の端を、ほんの一瞬、掠めるように光が過ぎた。

本当に見られた、流れ星だ。驚いてその場に立ち尽くした進夜の耳に、穏やかな声が届く。

「進夜？」

「……星川」

遊歩道の先に星川が見えた。ジョギング中だったようで、ジャージ姿だ。駆け寄ってきた星川は、進夜の前で立ち止まるとにこりといつもの甘い笑顔を見せた。

「どうしたの、こんなに遅くに散歩?」

「――いま」

「うん?」

「流れ星が」

「ああ、見えた? 言ったろ、流れ星がたくさん降る町だって。願い事できた?」

「できなかった……」

願い事をしようと思いつく間もなかった。だけど、もし願いをかけるとしたら。

「できなかったけど、たぶん、叶った」

え? と星川が首を傾げる。

流れ星に願い事が間に合ったなら、きっと自分はこう願った。星川の顔が見たい。勇気がほしい。――好きだと言いたい。諦めたくない。

「――星川」

こくん、と喉を鳴らした。さっき涼しいと思ったばかりなのに、息苦しいくらいの暑さを感じた。じわりと全身に汗が滲《にじ》む。緊張で喉が痛い、カチカチと歯が鳴る。だけど諦めたくない。

「星川……」

星川は黙って静かに進夜の言葉を待ってくれた。少しだけ首を傾げて、「なに?」と問うようなやさしい表情で。

ぶわっと、気持ちが嵐みたいに逆巻いてせりあがる。好きだよ、好きだ。きみが好きだ。だけど熱い塊で言葉が詰まる。声を失ったみたいにきゅうと喉が鳴った。

勇気がほしい、諦めたくない。

願うようにそう思った瞬間、星川の後ろをもう一度星が駆けた。

「――――」

ゆっくりと息を吸う。

「……きみがすきだ」

やっとのことで押し出した一言は、掠れてささやくように頼りなかった。

「――進夜」

星川の声もほんの微かだった。こんな夜の道でなければ、きっとどちらも届かなかった。

「すき、って言った？　いま？」

「……うん」

「おれのこと、好きって？」

「うん……」

「――」

沈黙の中、すう、と星川が深く息を吸う音が聞こえた。

「進夜」

凛とした、まっすぐな声だった。涼しく穏やかで力強い、星川そのものみたいな声。

「おれも、進夜のことが好きです」

今度は進夜が大きく息を吸い込んだ。吸った息をそのまま止めると、全身に星川の言葉が満ちるように感じる。

「進夜が、好きです」

ゆっくりと星川の両腕が伸びて、進夜の身体を囲う。おっかなびっくりの仕種で引き寄せられ、そろりと抱きしめられた。

進夜もそろそろと腕をあげ、おそるおそる星川の背中を抱き返す。指先から伝わる体温が一気に全身を巡り、ジンと身体が痺《しび》れる。

スンと鼻を鳴らすと、「泣いてる?」と星川が訊ねた。

「うん……」

「おれが泣かせてる?」

「……ううん」

うれしい。胸が痛い。星川が好きだ。離れたくない。

なのに別れは明日だった。半日後に自分はここを離れる。いやだ。だけど変えられない。

「離れたくない……」

「進夜……」

「おれは、きみと、離れたくないんだ……」

ゆるく囲うようだった星川の腕に、熱を帯びた力がこもる。きつく抱きしめられて、進夜はひくりとしゃくり上げた。

「……進夜、おれだって、離れたくない。どこにも行かせたくない、行かせたくない！」

「行きたくない、行きたくないよ……っ」

星川の声も震えていて、進夜は泣きながら、自分たちはなんて子供なんだろうと悲しく思った。子供だから離れなきゃいけない。子供だから、ふたたび繋がるかもしれない来年の春をすぐだなんて思えない。

明日離れてしまうことだけがひたすらにおそろしかった。

かたく抱き合う以外にどうすればいいのかもわからず、背中に縋った手を離せない。けれど、だからといっていつまでもこうしていられるわけではなかった。

星川が、ゆっくりと進夜の身体を離して遠ざける。

「――送るよ」

頷く以外どうしようもなかった。手を繋ぐこともあった道を、ほんの少しの距離をあけて並んで歩く。

お互い、みっともないところを見せて詮無《せんな》いことを喚いたのが恥ずかしくて、空気が気まずい。だけどそういうものを取り払ってくれるのは、やはり星川の声だった。

「――ごめん、進夜」

「え？」

「やっぱり困らせた。……わかってたんだ、困らせるって。――好きだよ離れたくないよって、……困るよね」

胸が詰まって、進夜は無言で強く首を振った。

「ごめん」

星川に重ねて謝られ、進夜はそれがどうしてもいやで、咳《せ》き込《こ》むように「好きだよ」と告げる。

「進夜……」

「きみが、好きだよ。先に言ったのはおれだ。離れたくないって言ったのも、おれだよ。おれだって、言ったら星川のこと困らせるって思った。でも……」

「……うん」

ごめん、ともう一度星川が言った。それから「好きだよ」と。

生き急ぐみたいだ、と進夜は思った。離れる前に、できるだけ多くの言葉を渡しておきたい。そんな焦りがさわさわと胸を掻く。

「星川……」

気付けば家の前まで来ていた。家を背にして立ち止まって、星川と向き合う。

伝えたい言葉は、もっとあったんじゃないだろうか。話さなきゃいけないことが、ほかにもたくさんあるような気がする。手繰《たぐ》り寄せようとしても、とても大切な記憶なのにどれもはっきりとは思い出せなかった。

星川と離れたくない。星川が好きだ。そればかりでぱんぱんに膨れ上がる自分の胸が、今にも破裂しそうにドキドキしている。

「――進夜、じゃあ、また、」

また明日。

その言葉もたしかに聞きたかった。進夜を安心させてくれる。だけど。

「星川、その、……あの、」

寄っていってくれないか、上がっていかないか。迷うほどでもない似たような言葉がぐるぐると喉の奥で渦を巻く。

どうしよう、自分が言わなきゃいけない。でも、こんな時間に家に招くなんておかしくないだろうか。引っ越し前日の閑散とした家へ誘っていやな思いをさせないだろうか。

そのとき、背後で玄関のドアが開いた。星川がはっとした顔をしてから頭を下げる。振り返ると玄関に義母がいた。

「やっぱり進夜くん。いつの間に外に出てたの?」

「……ごめんなさい」

「いいのよ、怒ってるわけじゃないわ。それより……」

義母はおっとりと微笑んで星川に目を向ける。

「上がっていただいたら？」

ぱちりと進夜は目をまたたいた。思わず星川を見ると、彼もきょとんと目を開いて義母を見ていた。

「え、でも……」

戸惑うように星川の声が揺れる。

「あら、でも、お客さま用のお布団はもう仕舞っちゃったわね。どうする？　進夜くんのベッドってふたり眠れるかしら？」

ギョッと揃って全身を硬直させた。別れる時間を先延ばしにしたいだけの自分より、義母の思考は当たり前だけどあっさりとしていて現実的だ。

「いえあの、おれ、そんなつもりは……」

焦ったように、星川が両手をわたわたと振る。義母は小さく首を傾げて「でも」と言った。

「できるなら、なるべく長く進夜くんと一緒にいてほしいわ」

「義母さん……」

「不思議ね。でも、そう思うの」

義母が、自分と星川について、どの程度を理解して察しているのかはわからなかった。だけどそう言ってくれたことが、進夜の背中を押したのはたしかだった。

「星川、……あの、迷惑じゃなければ、うちに、泊まっていって、くれたら……」

星川がゆっくりと目を瞠る。思いがけないことを言われて驚いています、という表情に、いたたまれない気持ちになった。

「……でも、おれ」

星川は、一度視線を惑わせて困ったように言いよどみ、けれどなにかを振り払うようにふるりと頭を振る。それからまっすぐに進夜を見つめて「ありがとう、一晩お世話になります」と言った。


ベッドマットレスに重ねていた敷布団を床におろして、星川の寝床を作った。タオルケットは一枚しかなかったので、横向きにしてベッドから床へ延べる。自分にも星川にも中途半端にしかかからなかったけれど、片方だけかけたりどちらもかけなかったりするよりはいいと思った。

マットレスだけの硬いベッドが、慣れた寝床を知らない場所のように感じさせる。電気を消して横になっても、胸が落ち着かない。

引っ越し前日の部屋はガランと殺風景で、ベッドは硬くて、なにより。

星川がいる。

息を止めて耳を澄ますと、闇の中に星川の息遣いが聞こえた。すごくすっぱい果物を詰め込まれたみたいに胸がきゅうとする。

「……進夜？」

ひっそりとした夜のため息みたいな声で星川が進夜を呼んだ。ひそやかに掠れた声にドキリとして返事ができない。

「おれがいると眠れない？」

優しくて、他人の心に敏《さと》い星川らしい気遣いの言葉だった。「だったら帰るよ」と言われてしまいそうで、進夜は慌てて「違うよ」と上半身を少しだけ起こす。

「ちがう、ちがわないけど……、でも、」

星川は苦笑して「ごめん」と言った。

「おれもきっと眠れないけど、ごめん。進夜が眠れなくても、おれ、朝までここにいたい」

衝動のようなものが全身を貫いた。頭のてっぺんから足の先までを一気に満たしたそれは、自分の欲望だと思った。

拙いばかりだと思っていた自分の恋心に、こんな欲望が。

自分をねっとりとくるむ濃い熱に、進夜は浅くなる息をぐっと止めた。肥大するばかりの想いに目が潤《うる》む。

「進夜？」

星川の声がびりびりと肌を焼く。ベッドの上でぎゅっと自分の腕を抱きしめて、進夜は「星川、」と呼んだ。自分が出したとは思えないような、鼻にかかって掠れた声だった。

「——進夜」

星川の声にも濃密な色を含んだ深みが混ざった。困惑と、欲望。今、同じ熱を、同じように持て余していると確信できる瞬間だった。

だったら今、と思った。今すべてを交わさないと。そうじゃないと、だって。

「進夜、やっぱりおれ……」

「星川の、そばに行ってもいい？」

次の言葉は同時だった。言い終わると、気まずい沈黙がふたりのあいだを隔てる。

強くはやく弾む心臓の音が、全身を揺らすようだった。じっとり汗をかいた手で、進夜は胸元のタオルケットをきつく握る。

星川が言った「やっぱりおれ」の続きは多分、「帰るよ」だろう。同じように逸《はや》って、でも星川が選んだ答えは進夜とは違っていた。星川の、熱で暴走したりしないまっすぐな清廉《せいれん》さがそこにあって、進夜はぎゅっと目を閉じた。

「星川、おれのこと、浅ましいって思った？」

横になったまま、両手で顔を覆う。自分が好きになった人は、真夜中でも澄んだ星空のようだ。彼に比べて、自分は、いつも、なんて。

「そんなこと……！」

がばりと星川が起き上がる音がした。勢いでタオルケットが星川のほうへ引っ張られ床に落ちる。

「進夜のこと、そんなふうに思うわけない。ただ、——こわいんだ、おれ」

声はベッドに横たわる進夜の上から降った。立ち上がって見下ろされていると思ったら、顔を覆う両手は凍りついたようにかたまった。

「進夜は、これが最後の夜だと思ってる？　最後だから、その……したいって」

最後の夜。その言葉に、閉じた目から涙が零れてこめかみに伝った。小さく頷くと、星川は「やっぱり」と言うように微かなため息をつく。

「だったらできないよ。そういうのは違うと思うから」

はっきりと拒絶されて胸が冷えた。

「おれは進夜が好きだよ。進夜もおれを好きだって言ってくれた。おれたちこれから、付き合うんだよね？」

これから。未来の言葉が胸を打つ。

「付き合うからこそ、そういうこともするんだけど、――したいって思うけど、でも、それは絶対今夜でなきゃいけないことじゃないんだ。だって、付き合うって、この先もずっと一緒にいるってことだよね？」

繋がりたくて、繋がっていたくて、そのための努力も惜しまないつもりで、だけど自分は最初から、先のことなんてなにも見えていなかったのかもしれない。好きだと言って、好きだと言ってもらって、心が通じ合っても、今日を最後に離れる事実しか視界に入れられなかった。

「だから進夜が最後だからおれとしたいって思ってるなら、そういうのはこわいよ。嬉しいけど、すごくこわい。今なにかしたら、まだちゃんとはじまってないのに、終わっちゃうんじゃないかって」

一見臆病な言葉でも、その中にはまっすぐとした矢のような想いが通っている。進夜が好きになった、やさしくて強い星川だった。

「――ごめん星川」

くぐもった声で謝ると、星川がふっと笑う気配がした。

「顔見せて、進夜」

キシ、とベッドが小さく音を立てる。進夜がどきりと身を竦《すく》ませると、星川はまたちょっと笑って、顔を覆う進夜の手に唇を押し当てた。柔らかな感触に、手の甲が燃えるみたいに熱くなる。

「進夜」

重ねて乞《こ》われて、進夜はおずおずと顔から手をどけた。暗い部屋の中、自分の上に星川がいる。澄み渡って甘い色をしたまなざしは、奥深くに見たことのない熱を宿していて、これまでよりずっと強い力で進夜を惹きつけた。

ゆっくりと距離を縮められる。全身を緊張させて、近付く唇を待った。きっとこうして星川は、すべてのことをひとつずつ、しっかりとやさしく心に積み重ねていってくれるのだろう。

「――――」

はじめてのキスに、閉じた目の裏が熱くなって、くらりと目眩《めまい》がした。

唇を離すと、どさりと星川の身体が進夜に重なってくる。進夜が驚いてまた硬直すると、星川は詰めていたらしい息を長々と吐き出して「緊張した……」と呟いた。

ぴたりと重なった胸から、自分と同じくらいはやいリズムが伝わってくる。夏の薄い寝巻きを飛び越える体温と鼓動にくらくらして、進夜は星川のTシャツの背中に縋った。

「……おれのこと、意気地なしだって思う？」

ふいに、進夜に重なったまま、星川がそんなことを言う。それはさっき自分が「浅ましいって思った？」と訊ねた色によく似ていた。だから進夜も「そんなこと思うわけがないよ」

と答えた。

「ほんとは今だって迷ってるんだ。心の中で、進夜のこと奪っちゃえよって声がする。でもやっぱり、違うって思うんだ。うまく言えないし、痩《や》せ我慢なんだけど、でも、」

「……わかる」

進夜は強く星川のTシャツを握りしめていた手を開いて、そうっと背中にてのひらを押し当てる。自分の顔の脇に置かれた星川の手がぴくりと震えた。

「気持ちが通じることと、身体を重ねることをイコールで結ぶのは違うよね。……きっと、時機が違う。星川の言いたいこと、ちゃんとわかるよ。おれが焦って間違えた。衝動とか、最後とか、そういうんじゃなくて、そうするべきときが、この先にきっとくるんだ」

この先、という言葉は、口にしてみても曖昧で、少しもはっきりとはしなかったけれど、ただ、そのことをもうこわいとは思わなかった。

「進夜……」

「おれは、星川のそういう、誠実なところがすごく好きだよ」

引き寄せられるように抱きしめられた。狭いベッドの上、肩を下にして、向き合う形でぎゅっと抱き合う。ありがとう、と耳元へ震える声を吹き込まれ、全身がゆるゆるとあたたかいもので満たされた。

「おれも進夜の……、おれは、全部好きだな。進夜のこと、全部好き」

ほう、と星川が吐息した。

「そうか、だからおれ、進夜のこと大事にしたいんだ。大切にしたい。そっか、だから、今じゃないんだ……」

星川の声は、瞳は、こんなに甘かっただろうかと、進夜は自分も蜜のような吐息を零しながら思った。引き合うように唇が重なる。

その夜はずっと、間近の距離で囁くように言葉を交わし合って過ごした。


一睡もせずに朝を迎えたけれど、不思議に心も身体もすっきりと冴《さ》えていた。

義母とまゆと星川と、四人で朝の食卓を囲む。それから最後の荷造りをして、時間通りにやってきた引っ越し業者を迎えた。

またたく間に家の中はからっぽになった。業者のトラックを見送り、進夜は約一年を過ごした家を振り返る。

ここもまた、自分の家だと実感はできなかった。だけどひどく去りがたくて泣きそうになる。またここへただいまと帰れたらいいのに。そう思うのは、この家だからじゃない。この町だから、彼がいる場所だからだ。

「進夜」

進夜の荷物を手に持った星川が、空いた片手を伸ばした。うんと頷いてその手を握る。

「進夜くん、そろそろ行きましょ」

「おにいちゃん、はやく！」

手を繋ぐ義母と妹の少し後ろを、星川と手を繋いで歩く。最寄り駅は、通っていた高校の五分ほど先だ。

何度も歩いて、昨日で最後だと思った運河沿いの遊歩道。足元がひどく頼りなく感じた。

「何度も、最後だって思ったんだ」

呟くと、星川が「ん？」と首を傾げる。

「この道をきみと歩くのは最後だって、昨日学校からの帰り道にも思ったし、昨夜も思った。……でも、本当の最後は今なんだ」

今度こそ、本当に。

そう思って俯いた進夜の額を、びしりと星川が弾いた。容赦のない威力にびっくりして進夜は涙目で立ち止まる。

「……痛い」

「またそういうこと言う。おれは最後だなんて思ってないよ。最後になんかしない。進夜はまたここに遊びにきて、おれと一緒にここを歩く。絶対だ」

珍しく星川は少し怒ったような口調で言い、進夜の手を握りなおすと、少し乱暴にグイと引いた。

「心配になるようなこと言うなよ。おれ頑張るから、進夜も頑張って、ちゃんと、おれとの未来が明るいって信じてくれなきゃだめだ」

「――ごめん」

「でもそういうところも好きだよ」

「星川……」

「全部って言っただろ。覚えておいて。進夜のそういうネガティブなところも、おれは知ってるし、好きだから。忘れないで、本当に、進夜の全部が好きだよ」

覚えておいて。忘れないで。言葉の端々に、未来と一緒に別れが潜んでいた。昨日から涙腺がゆるみっぱなしで、涙は堪える間もなく簡単にこぼれてしまう。

ぐっと、繋いだ手を強く握りしめられた。痛いくらいの力に、進夜も震える指先で応える。

子供のようにぐずぐずと泣いていたら、いつの間にか駅に着いていた。改札の前で向かい合う。こうやって昨夜も家の前で向き合って、あのときはまだ延ばす時間があったけれど、今日はもう。

「ありがとう」

目元をぐいと擦《こす》って、進夜は繋いだままの手にもう片方の手を重ねた。両手で強く握って、かたさを、温度を、かたちを心に刻みこむ。

「進夜、好きだよ」

「うん」

「好きだよ」

「――うん」

ゆっくりと繋いだ手を離し、星川から自分の荷物を受け取った。

こういうとき、なんて言うんだろう。さようなら。いってきます。じゃあまた。

結局進夜はどれも言えなかった。

改札を通り、ホームへの階段をあがる。新幹線が停まる駅までは、この駅から三十分ほどだ。目の前を特急電車が減速気味に駅を通過していく。

強い風に煽《あお》られて、目を閉じた。電車が通り過ぎたあと、目を開けると、ホームの向こう、駅前のバスターミナルに星川が見えた。

「――――」

なにかを忘れている。そう思った。なにか、大切なことを。

そのとき、入道雲がわく真《ま》っ青《さお》な夏の空に、チカリと光が走るのが見えた。――流れ星。

まさか。

途端に、胸の中でなにかが弾けた。

つい今しがたのことが、そのときよりずっと鮮やかに胸によみがえる。

怒り気味の声、強く引く手、言い聞かせるような声。好きだよと繰り返してくれた別れ際。あれは星川の焦りだったのだと気付いた。焦るのは不安だからだ。不安なのは自分がすぐに俯くからだ。

ぐっと進夜は顎を上げる。電車到着のアナウンスに二の足を踏みかけたけれど、強く一歩を踏み出した。義母と妹が自分を呼ぶ声も振り切って、あがってきたばかりの階段を駆けおりる。改札をつっきって、ぐるりと回って、バスターミナルまでを一心に走った。

「――星川！」

星川も、走りだす進夜を見ていたのだろう。進夜を探して走ってきていたようだった。進夜は走る勢いのまま、星川の胸へ一直線に飛び込んだ。

「進夜……」

なんで、と言いながら、星川の手が進夜の背中に回る。じわじわとたしかめるように抱きしめられ、また泣きそうになった。

「――好きだよ」

はっきりとした声で告げると、はっと進夜の耳元で星川が息を止める。

「もらってばかりで、今日はひとつも返してない。好きだよ、きみに逢えてよかった。こうやって離れることになっても、きみと逢えたからここへきてよかった。またくるよ。絶対にくる。おれはここが好きで、星川が好きだから」

うん、と星川が進夜の肩へ頷きを埋《うず》めた。

「だから、」

「うん」

「だから……」

「うん……」

「だから、がんばるから……、だから」

必ずきみとの未来を繋ぐから。また俯くことがあっても、忘れないから、覚えているから。だから、覚えていて、忘れないで。好きだよ。好きだよ。好きだよ。

「——本当に、大好きだ……」

心からの声がふたり、驚くほどきれいに重なった。抱きしめ合う頭上を、電車が通り過ぎてゆく。

それでも今、たしかに手の中にあるはじめての恋を、どうしても離すことができなかった。

初恋の降るまち

住み慣れた町を離れる心許《こころもと》なさと、好きな人に近付くときめきで、胸がいっぱいに締めつけられる。

新幹線の窓の外を眺めながら、星川祐太《ほしかわゆうた》は、そわそわと落ち着かない気分をいつまでも宥《なだ》められないでいた。三月の最終日、ちょうど桜が満開で、ビルの谷間に時折淡いピンク色が見える。桜の色も、空の色も、故郷のほうがずっと鮮やかな気がして、星川は小さく首を傾《かし》げた。

この日を指折り数えて待っていたはずなのに、いざ迎えると、漠然とした不安が顔を覗《のぞ》かせた。ひとり暮らしという環境は、果たして自分に向いているだろうかと、今更になって考え出してしまう。

海沿いの小さな町で生まれ育った星川は、単純にひとりでいるという経験をあまりしたことがない。自宅では両親、弟、祖父母と共に暮らしていたし、近所の家との付き合いも密だった。

都会の人は冷たいなんていう話をよく聞く。たしかに学校見学や入試で訪れた場所は、人も多く、とにかく忙《せわ》しなかった。地元にいるのと同じようにのんびりと歩いていたら、次々と人にぶつかり舌打ちをされたことを思い出す。

だけど、ひとり暮らしの住まいに選んだ土地は、緑も多く、穏やかな気配の住宅街だ。候補の場所をいくつか歩いて、一番地元の空気に近いと思った。

——おれも、同じ町にしたよ。

南進夜《みなみしんや》の、静かに穏やかな声がよみがえる。

進夜は星川と同じ大学に合格して、学部違いだけれど春からはまた同じ学校に通う。星川が一足先にアパートを決めたことを報告して、なるべく近くに住めたらいいなと零したら、進夜はしばらく経《た》ってから同じ町に住まいを決めたと言って星川を驚かせた。

きみの町に少し似てて、いいなと思ったんだ。

進夜はそう言って電話の向こうではにかんだ。そのときの、すぐにでも抱きしめたい衝動がよみがえって、星川は膝《ひざ》の上のこぶしをぎゅっと強く握りしめた。

もう少しで進夜に会える。今度はもう別れる時間を気にせずに、ずっと一緒にいられる。

実感はまだわかないけれど、そう思うと曖昧《あいまい》な不安が押し流されて、俄然嬉《がぜんうれ》しさが高まった。はやく会いたい。そればかりで気が急《せ》く。

私鉄に乗り換え、星川は今日から暮らす町に両足でしっかりおり立った。新幹線をおりたターミナル駅より、しっとりと空気が落ち着いて感じられる。近くを川が流れているせいだろうか。運河沿いの町に住んでいた星川にはよく馴染《なじ》んだ、水辺の空気だった。

駅前の商店街を抜けて、徒歩十分。二階建ての、古くて小さいけれど清潔なアパートが、星川の今日からの住まいだ。

「――進夜！」

外階段の手前に、ほっそりした立ち姿があった。星川が声をかけて駆け寄ると、進夜はこちらを振り返り、パッと顔を輝かせる。

ドキリと胸が鳴った。進夜はたまに、こちらがびっくりするほど無防備に感情を顔に出す。出会った頃もそうで、星川はそういうとき、進夜の心のとびきり柔らかい部分を見せてもらえた気がして、そのたびに進夜を好きになった。

「星川、おはよう」

長袖《ながそで》のTシャツにネイビーのジャケット、チェックのパンツ、スニーカー。数週間ぶりに会う進夜は、相変わらずたたずまいが凛《りん》ときれいで、Tシャツとパーカーにジーンズの自分より少しおとなびて見えた。

「おはよう、待たせてごめん。メールくれたらもっと急いだのに」

「大丈夫、来たばっかりだよ」

進夜はすでに引っ越しを済ませている。父親がまた転勤することになったそうで、家族の引っ越しと自分の引っ越しを、先週同時におこなったのだ。今日は星川の手伝いに来てくれた。

程なくして業者のトラックも到着して、空っぽの部屋にまたたく間にダンボール箱が運び込まれる。淡々と積み上がった箱に、星川はちょっと途方に暮れた。

「はじめようか、星川？」

振り返ると、進夜はジャケットを脱いで腕まくりをして、軍手をはめた手にカッターを持って立っていた。そして、心許なげな星川を見て小首を傾げる。

「……どうかした？」

「いや、はじめるっていっても、なにからやったらいいのかよくわかんなくて」

進夜がきょとんと目をまたたく。

「おれ、引っ越しはじめてなんだよね」

星川が言うと、進夜は「そうか」と答えて、少ししてからほんのりと笑った。

「なに？」

「ううん。いつも助けてもらうばっかりだけど、今日はおれのほうが星川を助けられるのかもしれないって思ったら、ちょっと嬉しくて。引っ越しに慣れててもなにもいいことなんかないって思ってたのに」

進夜はいつも、ゆっくりと考えながら言葉を紡《つむ》ぐ。柔らかな声は、甘くてきれいな水が染み込むように、星川の心へ届いた。切なく胸を揺さぶられて、星川はあらためて、進夜を好きだと思った。

「すぐに必要なものを入れた箱から開けていこう。星川、もし先にお隣にご挨拶《あいさつ》に行くならこっちはおれがはじめておくから……」

「進夜」

膝をついてダンボール箱の確認をはじめた進夜の隣に、星川はひょいとしゃがみこむ。視線を上げた進夜と、間近で目が合った。母親似だという進夜は全体的にどこか儚《はかな》げな印象があるけれど、瞳《ひとみ》は凛とまっすぐだ。青みがかった白い部分との境がくっきりと際立つ、深く黒いまなざしがきれいで、いつも見惚《みと》れる。

「星川?」

「好き、進夜」

とろとろと、のぼせたような声が出た。進夜が困ったように目を伏せて、こくりと頷《うなず》く。ふわりと桜色に染まる頬《ほお》にかじりつきたいような衝動を、星川はぐっと堪《こら》えた。

「……おれも好き」

辛抱のおかげか、進夜が小さく言葉で答えてくれる。ジン、と胸が震えて、泣きたいような気分になった。些細《ささい》なことにも感動して、感情のすべてを持っていかれる。恋はそうして、いつも星川を大きく揺さぶった。

「――なんか、照れるね」

ふたりの熱で熟れたように濃密になる空気に、星川は慌てて立ち上がる。キスをすればよかったと思ったのは、色づいた進夜の襟足《えりあし》を見下ろしてからだ。だけど進夜がホッと安心したように肩の力を抜いたのも見えて、結果的には正解を選んだのかもしれないとも思った。

照れたり、緊張したり、いまだお互いがお互いに慣れていない。付き合いはじめたのは半年以上も前だけれど、気持ちが通じ合ってから今日まで、顔を合わせたのは数回きりだ。

だけど今日からは。

何度も自分へ確認して、そのたびに嬉しくなる。もう、「またね」と言って駅のホームで後ろ髪を引かれるつらさを味わうことはない。

「なんだか、不思議だな」

ぽつんと呟《つぶや》かれた声に星川が目を向けると、進夜は片付けの手を止めて、掛けたばかりの壁の時計を眺めていた。

「なにが?」

「帰る時間を気にしなくていいんだなと、思って。今までは、電車の時間ばかり気になっていたから」

うん、と星川は頷いた。進夜も同じように、ふたりの距離のことを考えていたようだった。泊まっていってもいいよ、と言おうとしたけれど、進夜を困らせるだけな気がしてやめる。代わりに星川は「嬉しい」とだけ言った。うん、と進夜が頷く。

ぎくしゃくとした会話すら、今一緒の時間を過ごしていることが実感できて嬉しい。もどかしさも、ばかみたいな甘さで星川を満たした。

「あ、進夜、それこっちにちょうだい」

「ハイ」

しばらく黙々と作業をして、人並みに生活できる空間は割とすぐに整った。もともとの荷物がそれほど多くないせいもあるが、進夜の手際のよさが大きい。

「すごい、なんか、『家』って感じになった」

「うん、よかった」

星川の素直な感想に、進夜が淡く微笑《ほほえ》んだ。その表情に、どこか誇らしげな子供みたいな色があってかわいい。

「ねえ、進夜」

「うん？」

玄関の近くから部屋を見渡しながら星川が手招くと、進夜は静かに歩み寄って、隣に寄り添って立った。星川は、そっと手を伸ばして、驚かせないようにゆっくりと、傍《かたわ》らの手を握りしめる。

「ありがとう。おれひとりじゃ途方に暮れて、メシ食べて布団出して寝てたかも」

「ううん。おれも、手伝わせてくれてありがとう。星川がこれから暮らす場所、一緒につくれて嬉しかった」

「そう言われると」

「うん？」

「おれも進夜の引っ越し手伝いたかったな、残念」

手を繋《つな》いで、あらためて八畳とキッチン、トイレとユニットバスだけの部屋を眺めた。今はまだ小さくて、自分ひとりが暮らすだけで手一杯だけれど、いつか。

突然そんな夢みたいな願望が湧《わ》き上がる。

「ねえ進夜。いつか、一緒に暮らせたらいいな」

はっとしたように、進夜が顔を振り向けた。出逢った頃は同じくらいの身長だったのに、今は、星川からほんの少し見下ろす位置に進夜の目がある。進夜が睫毛《まつげ》を震わせてゆっくりまばたきをするのを、星川はひたむきに見つめた。

「――うん、いつか」

覗き込むようにして、顔を近付ける。進夜は一瞬びくりと顎《あご》を引いて、それからひそやかに瞼《まぶた》を伏せた。ドキドキと逸《はや》る鼓動を宥めながら、星川はそっと進夜に唇を重ねる。

それだけで、閉じた瞼の裏をキラキラと、流れ星が降るようにしあわせだった。

「じゃがいもと、にんじん、たまねぎ。……あとなんだっけ」

「肉かな。星川、牛と豚と鶏はどれが好き?」
「ただ食うなら牛肉が好きだけど、カレーはポークが好き。進夜は?」
「おれは脂身じゃなければなんでもいいな。じゃあポークカレーにしよう」
くるりと方向転換して肉売り場へ足を向ける進夜のあとを、スーパーのピッキングカートを押しながらついていく。

引っ越しの翌々日、星川は進夜と一緒に近所の散策に出かける約束をした。

昼過ぎに待ち合わせをして、最寄りの駅前を中心に、とくに目的もなく並んでのんびりと歩いた。チェーン店のカフェで休憩をして、そこで、夕飯を一緒につくって食べようという話になったのがつい先ほどのことだ。

「進夜って、料理できるの?」

カレー用の豚肉のパックを手にとって、ためつすがめつ吟味《ぎんみ》する進夜の横顔に訊《たず》ねる。すると進夜は、ぎくりとしたように手にした豚肉を元へ戻した。

「――できない」

意外な思いで、星川は「そうなんだ」と今度は自分が肉のパックを手に取る。

献立をカレーにしようと提案したのも、スーパーで買い物を先導してくれるのも進夜だったので、勝手にできるような気がしてしまっていた。エプロンをしてキッチンに立つ進夜の姿があまりに容易に想像できたせいもある。

「おれもぜんぜんやったことないよ。学校の授業とか、キャンプとかでちょっと包丁持ったことがあるくらい」

肉の良《よ》し悪《あ》しなんてわからないので、進夜の言葉を思い出し、脂身の少なそうなパックを選んでカートに放り込んだ。

「そっか、でもだからカレーなのか。それなら初心者ふたりでもなんとかなりそうだもんね。進夜やっぱり頭いいな」

米や調味料など、最低限必要そうなものもカートに入れて、会計は星川がした。進夜も財布を出したが、次に進夜の部屋でなにか作るときにお願いと言うと、頷いて仕舞ってくれる。

サッカー台でふたつの袋に買ったものを詰めてスーパーを出ると、夕方のぼんやり曇った空に、小さな夕陽と一番星が見えた。

「進夜そっち重くない？　持とうか？」

なるべくかさばるものは自分の袋に入れたけれど、あまり重いものを持つイメージがない進夜が心配でつい訊ねる。

「平気だよ。星川って結構心配性だよね」

「そうかな」

「うん。初詣《はつもうで》行ったときのこと覚えてる？　あのときも星川、おれに何度も寒いかって訊《き》いたよ」

覚えているかなんて訊かれるまでもなかった。あのとき星川は、傍らに進夜がいることが嬉しくて寒さなんてほとんど感じなかった。自分がそんなふうにふわふわと現実から離れたようだったから、言葉で訊ねるしか進夜を気遣う方法が見つからなかったのだ。

「ごめん、おれ鬱陶《うっとう》しかった？」

考えてみれば、寒くないか重くないかなんて、進夜にとっては子供か女性のように扱われていると感じて不快だったかもしれない。

星川が慌てて顔を覗き込むと、間近で、進夜の白い頬がふわりと桃色に染まる。

「……ううん。女々《めめ》しいって思われるかもしれないけど、きみに大事にされている気がして、嬉しかった」

「進夜……」

うん、大事だよ。男とか女とか関係なく、好きな人だから、大切な人だから大事にしてる。そういう自分の気持ちが、そっくりそのまま、進夜に伝わっているのだと思ったら、胸が詰まってなにも言えなくなった。

普段の星川は、思ったことはあまり深く考えずに口にする。どんなことでも、言葉にしなければ相手に伝わらないと思うからだ。

だけど今は、伝えたいことがなにも声にならなくて、だけどきっと進夜は誤解をしないだろうと思えた。

肩を並べて、買い物袋をひとつずつさげて家路を歩く。

「そういえば」

唐突に気付いたことがあって、星川はハッと足を止めた。

「すごく普通に一日過ぎたけど、これっておれたち初デートじゃない？」

星川より一歩遅れて立ち止まった進夜が、ぽかんとした顔で目をまたたく。

「だっておれたち、付き合うってなってすぐ離れちゃったし、そのあとだって何回かは会ったけど、大学の下見とか入試とかでだけだよね。絶対にしなきゃいけない別の用事がなくて、ただ一緒にいるためだけに会うのは今日がはじめてだ」

星川の勢いに気圧《けお》されたように話を聞いていた進夜が、少ししてからやっと理解が追いついたように「あ、」と呟いた。

「ね、そうだよね。今ごろ気付くなんて間抜けすぎる。朝からやり直したいな」

なかば本気で悔しくて頭を掻《か》くと、進夜がくすりと軽い笑い声を零《こぼ》す。

「なんで笑うの……」

「あ、ごめん。だけど、はじめてのデートだって気負って待ち合わせなんかしたら、おれもきみも、きっととてもギクシャクするんだろうなって思ったら、なんか」

なにがツボに入ったのか、あははと進夜は声を上げて笑う。珍しいようすに、今度は星川がぽかんと呆《ほう》けた。

けれどたしかに、初デートだと意識してしまったら、進夜が言うようにぎこちなくなってしまうようにも思った。お互いが緊張してそわそわと俯くさまを、一歩引いて想像してみると、たしかに少し滑稽《こっけい》だ。

顔を見合わせて苦笑いして、また並んで歩き出した。

「自分の意識が違うだけのことなんだって、思うと、」

笑いをおさめた進夜は、ふうと呼吸を整えてから、今度は神妙な声を出した。

「今振り返ってみると、星川と会ったばかりの頃、一緒に帰ったり、まゆたちを迎えに行ったりしていたのも、おれにとっては全部、デート、だったんだって思う」

進夜のおとなしやかな口調に、幾度も一緒に歩いた運河沿いの遊歩道が鮮やかによみがえる。まだ恋ではなかったときも、星川ばかりが進夜を好きだったときも、風景や匂いを嚙《か》みしめるようにして歩いた赤茶のレンガ道。

「ドキドキしたし、楽しくて、しあわせだった。本当に、とても特別な時間だった」

あの頃は、なんの迷いもなく手を繋ぐことができた。純粋な日々が、星川の胸にも懐かしく思い出される。

「進夜、今は？」

星川は、自分の手の甲を進夜の手に一瞬だけトンと触れさせた。

過去形で語られると、進夜らしい静かでしんみりした声音も相まって、昔のほうがよかったと言われているような気分になってしまう。もちろん、進夜がそんなつもりで言っているわけではないのは百も承知だ。

「今？」

「たしかに、前みたいに簡単に手を繋いで歩いたりはできないけど、そういう今は、ダメなのかなって」

「ダメ、なんて……っ」

われながら、意地の悪い訊きかたをした。気付いたのは、焦ったように進夜の手が星川の手首を摑んでからだった。

「そんなわけない。すごく頑張って、今こうやって一緒にいられてるのに」

「うん、そうだよね。ごめん進夜」

黒々と澄んだ目で一心に見つめられる。進夜の剝《む》き出《だ》しの素直さが、ひどく危ういもののように星川の目に映った。

愛情と庇護《ひご》欲《よく》が、胸で花嵐みたいに逆巻く。ゆっくりと深呼吸をすると、進夜が「星川？」と首を傾げた。

「ううん。……好きだなあって、思って」

同じ言葉を繰り返すことしかできないのがもどかしい。だけど進夜が嬉しそうに頷いてくれるので、この一言だけだって、持っていて、伝えられるのだから、それでいいのかもしれないと思った。

「今は、手を繋いでなくても、ちゃんと進夜と気持ちが繋がってるのがわかるよ。帰ろ？　腹減ったし、米が重い」

その日は狭いキッチンでふたり、不器用に料理をした。どちらも包丁を持つ手はぎこちなくて、野菜の切り方もよくわからなくて、首を傾げたり笑ったりしながらパッケージの裏面に書いてある手順に従う。

予想以上に時間がかかったし、想定以上の量ができあがったけれど、味はまずまずで、なにより楽しくて仕方がなかった。

ただただ、一緒に過ごせることのしあわせを噛みしめる。短い春休みは、そうしてまたたく間に過ぎていった。


大学の入学式は、都内の大きなホールでおこなわれた。本来は武道用の施設だが、コンサートなどがおこなわれることも多い有名な場所だ。

入学者が多いため、受付こそ学部にわかれて名前を確認されるが、会場に入ってしまえばどこに座るのも自由だった。星川は進夜と一緒に、会場の真ん中あたりの椅子《いす》に腰掛ける。

それなりに緊張して臨んだけれど、学長の言葉や新入生代表の挨拶などが淡々と続くばかりで、星川はひそかにあくびを噛みころす。小さい頃からじっとしているのは苦手だった。すぐに退屈して、眠くなるか、あちこちに気が散ってしまう。

そっと隣を窺《うかが》った。紺《こん》のスーツ姿の進夜は、背筋を伸ばしてまっすぐ壇上を見つめていた。真面目《まじめ》だなあと感心する。それから、横顔がきれいだ、とも。秀でた額の丸みから鼻筋にかけての曲線が、雛人形《ひなにんぎょう》みたいに整っている。

涼やかで潔癖で、凛とまっすぐ。天然の湧水《ゆうすい》が、含むと少し甘く感じるような、星川にとって進夜はそういうイメージだ。夏も冬も、進夜はいつも、ずっと、純粋に透明で、きれいだった。

そんなふうに同じ高校に通っていた一年弱のことを思い返していたら、入学式はいつの間にか終わっていた。

「星川、ぜんぜん聞いてなかったね」

会場を出ながら進夜にそう言われ、星川は目を逸《そ》らしながらごまかし笑いをする。

「わかった?」

「わかるよ。すごくぼーっとしてた」

呆《あき》れたような進夜の目が新鮮だった。ふたりの距離がグンと縮まったように思えて、そわそわと嬉しい。

「おれ、小学校のころの通知表って決まって『落ち着きのない子です』って書かれてたんだよね。じっとしてるのホントだめで、中学で陸上部入ったのも、そんな理由でさ」

「……じっとしてられないから走るってこと？」

「うん、回遊魚みたいでしょ」

星川の話に、進夜は笑うべきなのか真剣に頷くべきなのかをはかりかねるような、どっちつかずの顔をした。無防備さがかわいくて、つい笑ってしまう。本当にこの数日は、頬の筋肉がおかしくなったのかと思うくらいで、常にゆるゆると締まりのない顔をしている自覚があった。

「ね、進夜は？」

「なにが？」

「通知表にどんなこと書いてあった？」

進夜は「うーん」と遠くを見る。

「もっと積極的になりましょう、とかだったかな。あんまり覚えてないけど」

そのとき、後ろから駆けてくる足音が聞こえた。なんとなく、進夜と揃《そろ》って足を止めて振り返る。

「おー、やっぱ進夜じゃん、久し振り！」

え、と星川は傍らの進夜を見遣《みや》った。

駆け寄ってきたのは、背の高い男だ。近くまでくると、百七十五センチ程度の星川より十センチほど大きい。

長めの髪を金茶に染め、細いカチューシャで留めて後ろへ流している。甘く整った顔立ちは、きりりと上がった眉《まゆ》と下がった目尻《めじり》の対比が印象的で、スーツの下に濃い色のシャツを着ているせいもあって一見ホストのような姿だった。

進夜の知り合いだろうか。訊ねようとしたところで、先に進夜が口を開いた。

「健斗《けんと》」

短い一言に動揺が隠せず、ギョッと星川は目を見開く。進夜が誰かの名前を呼び捨てにするのを聞くのははじめてだった。恋人である自分だって、いまだに『星川』なのだ。

「これだけ人多いと探せないかなーと思ったけど見つけちゃった、俺《おれ》すごくね？」

「うん、久し振り」

笑うと途端に人懐っこい表情になる相手に、進夜も小さく微笑みを返す。展開にまったくついていけず呆然《ぼうぜん》としていると、彼は星川にも屈託なく笑いかけた。

「こんちは、進夜の友だち？」

「うん、はじめまして、星川です」

「ドーモ、小松原《こまつばら》健斗です。苗字《みょうじ》長いから健斗って呼んでよ。進夜とは予備校のクラスが一緒でね、志望校も同じだったから仲良くなったんだ。ちなみに文学部の教育学科」

「あ、同じだ、おれも教育学科。進夜とは、一年だけ同じ高校に通ってたんだ」

小松原と自己紹介を交わしながら、なるほどと思う。同じように言われて、進夜も彼を名前で呼ぶようになったんだろう。

進夜は積極的なほうではないが、特別内向的なわけでもない。周りの雰囲気に静かに合わせて息を潜めるようなところはあるけれど、こちらの希望や誘いを頑《かたく》なに拒むようなことはしなかった。たおやか。そういう言葉が似合う。

「あー、なるほど、あれだ、進夜が一緒の大学に通うって約束してた相手って星川のことね」

そう、と進夜が頷いた。

「おれのこと、話してくれてたの？」

進夜が面映《おもはゆ》そうな表情を隠すように少しだけ俯《うつむ》く。どんな小さな仕種《しぐさ》でも、進夜は星川の心を甘く摑《つか》んで引き寄せる。しばし見入ってそれから慌てて自分を戒《いまし》めた。ふたりで話し合い、付き合っていることは周りに打ち明けないと決めている。不審に思われるような行動は避けないといけない。

「進夜たちはもう帰んの？」

「うん、そのつもり」

「いいなー、俺バスケ部入るんだけどさ、春休みから練習参加させられてて、今日もこれからこいって言われてんだぜ」

小松原は手首のスポーツウォッチを覗くと、「じゃあまた、今度は学校で」と慌ただしく去っていった。

「おれたちも帰ろうか、進夜」

「うん」

進夜を促して歩き出す。駅に向かう道には桜の木が植えてあった。すっかり葉桜になってしまい、花は少ししか残っていなかったけれど、時折ひらひらと落ちてくる花びらには入学式らしい風情がある。

「メールに書いてた、予備校で仲良くなったっていうの、今のやつのことだよね」

離れていたあいだのメールのやりとりを思い出して言うと、進夜が頷いた。

「想像してたタイプとだいぶ違ったから、ちょっとびっくりした」

メールからは、親切で真面目な人柄だと窺えたので、勝手に、眼鏡《めがね》を掛けた面倒見のいい典型的な委員長タイプを想像していたのだ。小松原のような派手な外見だとは考えてもみなかった。意外すぎる。

「華やかだからかな。でも、見た目よりずっと話しやすいしやさしいよ。少し、星川に似てる」

思わず、「は?」ときつい語調で聞き返してしまう。それくらい思いがけない進夜の見解だった。

「おれと？」

「うん。いつも人に囲まれてて、周りのことよく見てて気遣ってて、おれみたいなのをいつも気にしてくれる。はじめて話しかけられたときはおれもちょっとびっくりしたんだけど、話してみたら星川と似てるなって感じて、それで仲良くなれたんだ」

そうなんだ、と星川は覚束《おぼつか》ない声で相槌《あいづち》を打った。

進夜は、本当にそう思って、そのままを素直に話してくれているだけだろう。

ひらり、ひらりと視界を横切る桜の花びらの向こうに進夜を見る。きれいな横顔だなあと、つくづく見惚《みと》れる。

だけどはじめて会った日、転校してきた進夜に積極的に声をかけたのは、単に席が隣だったからだ。容貌《ようぼう》なんて特に気にしなかった。

きっと、小松原もそうだろう。自分と似た性格なら、お節介だと思われても、寂しげに見える進夜を放ってはおけない。

だからおそらく小松原に他意はない。

もちろん進夜にだって小松原に対して特別な思いはないはずだ。

そう思うのに、もやりと胸に澱《よど》んだ色の靄《もや》が湧く。

釈然としない、振り払えない。そういう漠然としたものに身を包まれるのははじめてのことで、星川は息苦しさにネクタイのノットをグイとゆるめた。

「星川？」

「……ううん」

なんでもないよとごまかすのも違う気がして、ゆるく首を振ることしかできなかった。


講義がはじまると、自分でもちょっとわけがわからないくらいに忙しくなった。

生活のメインは、学校に行って授業を受けること。それは高校までとそれほど大きく違わない。そう思うと、星川自身にも、どうして自分がこんなに余裕なく忙しいと感じているのかわからなかった。

環境がまるで変わったせいだろうか。掃除や洗濯、食事まで、自分の面倒を全部自分で見なければいけないせいだろうか。

それを考えてみるゆとりもなく、朝起きて、大学へ行き、家へ帰る。それだけの日々が続いている。

本当は、なるべくはやくにアルバイトを探して働きはじめるつもりだった。実家からの仕送りはあるが、できるならあまり親に負担をかけたくない。だけどそれも、すぐには難しそうだ。

星川は今まで、自分のことを体力もあるし順応性も高いほうだと思っていた。けれどもしかしたら、神経はそれほど太くできていないのかもしれない。

「星川の神経が太いなんて思ったことないよ」

大学からの帰り道にそんな話をすると、進夜はびっくりしたようにそう言った。

忙しさのせいで、進夜と会う時間もそれほど取れていない。昼に待ち合わせて一緒に食事をすることは多いけれど、登下校は基本的に別々だ。月曜だけは、最後の講義が一緒なので並んで帰る。

「そう？　おれ結構図々《ずうずう》しいでしょ？」

「そんなこと！　一度も思ったことない」

珍しくはっきりと強い否定だった。

『良くも悪くも社交的』星川は自分のことを客観的にそんなふうに理解している。うまく見えれば人懐っこくやさしいのだろうが、逆に、図々しくてパーソナルスペースを読めないと思われることもある。

相手によって出かたを計算しているつもりではいるけれど、それでも踏み込みすぎたと反省することは多々あった。特に進夜へは、ほとんど本能で接してきたように思う。進夜としたいこと、進夜にしたいこと、自分の欲ばかりを押し付けた。そう思っていたので、進夜の反応は意外だったし嬉しかった。

「星川は、やさしいし繊細だと思うよ。だから疲れるんだ」

混じりけのない純粋な言葉が、するすると耳に心地いい。やさしいのは進夜のほうだと思った。

「進夜はおれの、いいとこばっかり見てくれるんだなあ……」

本当はそんなにいいものでもないけれど、進夜の目には自分がスーパーヒーローのように映っているのかと思うと悪い気はしなかった。

誰《だれ》だって好きな人の前では恰好《かっこう》つけたいし、恰好よく見られたい。弱いところやみっともないところは、なるべく見られたくないものだ。

「よし、おれもっと頑張ろ」

ウーンと大きく伸びをする。

「そういえば、進夜のお父さんっていつからこっち来るんだっけ？」

「今日の夕方って言ってたから、そろそろかもしれない」

進夜の父親は、転勤も多いが出張も多い。特に、勤め先の本社があるこちらのほうへやってくる機会は多いのだという。

進夜が学生としては少し贅沢《ぜいたく》な、築浅で広めのマンションに住んでいるのは、出張でやってきた父親が滞在する場所を兼ねているせいだ。同じ最寄り駅でも、家賃はおそらく星川のアパートよりずっと高い。

「父さん、星川に会いたいって言ってたよ」

「え、なんで?」

後ろめたい、とは思いたくないが、反射的にぎくりとした。

「ほら、亡くなった母の墓参りのときに花をもらったから、星川のことをよく覚えてるんだ。食事でもしないかってずっと言ってる」

「そっか、うん。いや、でも……」

つい口ごもると、進夜ははんなりと微苦笑をした。

「うん。おれもまだ心の準備ができないし、そのうちねってごまかした」

そう言われて安堵《あんど》した自分をちょっと情けなく思う。

だけど、年齢性別を問わず人と接することは得意な自分でも、恋人の親に会うというのはまた別次元の問題で、気負わないわけがなかった。ましてや、その恋人が同性なのだから尚《なお》更《さら》だ。

自分はよくても、進夜が板ばさみのようなことになったら可哀相《かわいそう》だった。けれどそれも言い訳で、自分が及び腰になっているだけなのかもしれない。

駅からは進夜の住むマンションのほうが近い。星川が重く足を止めたのは、ちょうど進夜のマンションのエントランス前だった。

「じゃあ、また」

星川のささやかな落ち込みには気付かないようすで、進夜がエントランスの短い階段に足をかける。星川は咄嗟《とっさ》に進夜の手首を摑んで引き止めた。

「星川？」

低い階段を一段あがった進夜と、ちょうどまっすぐに視線が合う。ぎゅ、と力を込めると、華奢《きゃしゃ》な手首に星川の指が食い込んだ。はっとして、慌てて手を離す。

「……幻滅した？」

「え？」

「おれ、もしかして覚悟も意気地もないだけじゃない？」

俺も進夜のお父さんに会いたいよ。日にち決めてくれればいつでも行くよ。

そんなふうに言えるのが理想だろうか。だけどそれを進夜が喜ぶのかもわからないし、喜ぶのだとしても、気軽に口には出せなかった。

「そんなふうに言わないでほしい」

トンと進夜が階段をおりて、星川と同じ地面に立つ。指が伸びて、星川のジャケットの袖《そで》を静かにひと撫《な》でした。直接触られたわけでもないのに、心まで慰撫《いぶ》されたように感じて、胸がいっぱいになる。

「――ありがと、進夜」

手を繋ぎたいなと思った。

一緒に歩いたあの運河沿いの遊歩道で、また進夜と手を繋ぎたい。

「ねえ、進夜」

なに？　と進夜の頭が小さく傾ぐと、素直な黒髪がさらりと流れた。

「もうすぐゴールデンウィークだよね。一度、うちの実家のほうにこない？」

言ってから、自分は進夜の家族に会わないのに、進夜を自分の家族に会わせようという誘いに受け取られる気がして慌てる。

「あ、いや、もちろん、ホテルとかに泊まるんでいいんだけど」

取り繕ってから、ホテルという単語の思いがけない生々しさにさらに慌てた。

「違う、ごめん、日帰りでいいんだ。あの道を進夜と歩きたくて、おれ、連休は実家に帰るつもりだし、っていうのも、アキが寂しがってるって母さんが、」

われながらあまりに支離滅裂で、いたたまれず、頭を抱えてその場にしゃがみ込んだ。

「ああ、もう……」

恰好つけたい、恰好よく見られたい。だけど現実はそううまくはいかない。こんな自分を、どうして進夜はいつもキラキラとしたものみたいに言ってくれるんだろう。それは本当に自分だろうか。

「星川」

星川がしゃがんだまま顔だけ上げると、進夜がくすぐったがるようにきゅっと唇を引いて

せつなげに微笑んだ。淡い夕陽をバックに、それは絵みたいにきれいな光景で、心をまるごと奪われる。

「うれしい」

返事は短くて、だけどそこに、進夜の気持ちがぎゅっと詰まって見えた。


「あ、いたいた。進夜、星川」

昼休み、校舎の地下にある食堂で進夜と向かい合っていた星川は、自分たちを呼ぶ声へ目を向けた。長めの髪をルーズに括《くく》った小松原が、手を振りながらやってくる。

「あのさ、おまえらゴールデンウィークって暇？」

四人掛けのテーブルの、進夜の隣へ小松原が腰をおろす。そして振動するスマートフォンを忙しなく操作して鞄《かばん》に放り込み、星川たちが返事をする前にまた口を開いた。

「あ、その前に、進夜、こないだはサンキュな、これ返す」

小松原は、そう言って鞄から空のタッパーを出し、進夜の前にすべらせた。返すということは進夜のものなのだろうか。星川はさりげなく「なに？　それ」と訊ねた。

「ええと……」

「進夜、最近料理はじめたんだってさ。そんで、でもレシピ通りに作ると四人分とかできあがるつって困ってて、だからこないだ分けてもらいにいったんだよ。な？」

「分けてって、……もしかして家に？」

「そうそう。いいとこ住んでるよな、進夜」

ガン、と殴《なぐ》られたみたいな衝撃を受けて、星川は口を噤《つぐ》んだ。

「豚の角煮はちょっと甘かったけど、味しみてうまかったぜ。あれほんとに炊飯器で作ったのか？」

「うん」

「炊飯器ってメシ炊くだけじゃねえんだな。星川知ってた？　驚くよなー」

同意を求められても返事はできなかった。炊飯器なんてどうでもいいし、知らなくて驚くのはそんなことじゃない。

星川は、まだ一度も進夜の部屋を訪ねたことがない。進夜の部屋がどんなふうだかを知らないし、進夜が料理をはじめたことも知らなかったし、ふたりで作ったカレー以外に進夜が作ったものの味を知らない。

どうして、自分より先に、小松原が。

胃のあたりがもわりと気持ち悪くて、表情を取り繕えずしかめ面になる。星川はこっそりと深呼吸をして無理矢理に平静を装った。

「……それで、なんの話だっけ」

「あ、そうそう、連休の話なんだけど」

星川が話題を強引に戻すと、小松原はまた鳴っていたらしいスマートフォンを取り出し、素早く何事か打ち込んで仕舞う。

「人数集めてバーベキューしようぜって話してるんだけど、参加しねえ？　べつに遠くに行くわけじゃなくて、ほら、大きい公園にバーベキュー広場ってあるじゃん？　ああいうとこで」

普段の星川だったら、すぐに「いいね」と話に乗っていたかもしれない。進夜も行こうよ、きっと楽しい。人見知りの進夜をそう誘う自分は自然に想像できた。

「星川、どうよ？」

「おれは連休は実家に帰るから」

だけど実際に星川の口から出たのは素っ気ない断り文句だった。

進夜が星川へ気にするような視線を向ける。らしくないと思われているのがわかって、いたたまれないような気分になった。

「そーなんだ、残念」

小松原のほうは、気にしたふうもなくあっさりと引いた。

「もしかして、進夜も実家帰る組？」

低い位置の頬杖《ほおづえ》で小松原に下から見上げられた進夜が、きょとんと目を瞠《みは》る。実家、という言葉が進夜には馴染まないのだろうなと星川は察する。

「つーか、進夜の家族って今どこにいるんだっけ」

「関西だけど、」

「へえ、いいな、うまいモンいっぱいあるよなー。で、行くの?」

「い、いかない」

ふるふる、と進夜が首を振ると、小松原は「よっしゃ」と満足そうに頷いた。

「じゃあ進夜は参加な!」

えっ、と進夜が面食らったように目をまたたく。星川も、自分の肩が神経質にぴくりと上下するのを感じた。

「おまえ部活もサークルも入ってないもんな。いろんなやつ紹介するよ」

「いや、あの、」

「大丈夫、進夜が人見知りなのわかってっから、変なのには会わせないし無理強《むりじ》いもしないって」

「そうじゃ、なくて……」

チラ、と進夜が自分のほうを見るのがわかったが、視線を合わせることはできなかった。

進夜は小松原の悪気のない強引なペースに困っている。それもわかるのに、助け舟を出すこともできない。

　ごめん、おれが進夜も連れてくんだ。

　たった一言でいい。きっと小松原は星川に言ったのと同じように「残念」と簡単に引いてくれるだろう。

　頭ではそう思うのに、ぐっと口を噤んだきり、視線も上げられなかった。

　今日の自分はおかしい。

　星川は、ざわざわとささくれだって荒れる心を持て余してますます俯いた。

　進夜が困っていたら、いつだって全力で助けたい。誰よりも進夜を理解して、とことん大事にしたい。

　そう思う気持ちに少しも揺らぎはないのに、思いに行動が伴ってくれない。

　おれとの約束が先だよね。俺の実家にきてくれるって言ったよね。進夜はおれとくるんだよね。

　まるで責めるようにそんな言葉ばかりが胸の中で渦を巻く。

　そうか、と気付いた。

　自分は今、この場で、進夜に自分を選ばせたいのだ。小松原ではなく、自分を優先させて選んでほしい。それを進夜から、はっきりとした態度と言葉で聞きたい。

　進夜の性格をわかっていて、そうできないだろうと思うのにだ。

こんなのは、意地悪をしているのと変わらない。

揃って黙り込んだ星川と進夜を見て、小松原は怪訝そうに首を傾げた。

「どうかした？」

「…………」

進夜は困りきって落ち着かなげな仕種をしたけれど、結局小松原の誘いを断らなかった。なんで、と思う。今は明らかに、ちゃんと断れるタイミングだった。どうして言ってくれないんだろう。これでは結果的に、小松原を選んだのと同じことだ。

もやもやと曖昧な影のようだったものが、はっきり不愉快を自覚した瞬間に、どろりとどす黒い色を持った。

それに自分が塗り潰される感覚に、星川の視界は急激に狭まる。

いやだ、この場にいたくない。小松原はもちろん、進夜の前にもいたくなかった。そう感じることに愕然《がくぜん》とする。

「ごめん、おれもう行くね」

押し出した声の冷たさに、誰よりも多分、自分が一番びっくりした。

立ち上がって、そそくさと食堂を出る。

ひとりになりたいと思ったのは、生まれてはじめてかもしれなかった。

手に握った携帯電話を目の高さに上げて、メールも着信もないことを確認する。

昨日の昼に食堂で別れてから、進夜と連絡を取っていない。今日進夜が登校しているのかどうかもわからなかった。大学の広さと交流の狭さがいやになる。

高校時代なら、こんなことはなかったのに。

三年に進級したときに、進夜とはクラスが離れてしまったけれど、会いたいと思えば会うのは簡単だった。顔が見たいと思えば、同じ学年の教室なんて数歩の距離だった。

講義がはじまる前の教室で、星川は周囲を拒むように上半身を机へ伏せる。

物理的にも、精神的にも、今が一番、進夜との距離が近いはずだった。好きで、付き合っていて、同じ大学に通っていて、同じ町で暮らしている。なのにどうして、なにも見えないくらいに遠く感じるんだろうか。

ついこのあいだまでは、一緒にいられることが嬉しくて、しあわせに満ちていたはずなのに、今は潮が一気に引くように、心がひどく乾いて感じた。

まだ、大学生活はやっとひと月が経とうとしているところだ。

こんな調子では――。

鬱々と沈む思考にぞっとして、星川はゴンと机に額をぶつける。大きな喧嘩《けんか》をするとか、別れるとか、自分の中にそういうビジョンが生まれたこと自体が信じられなくて悲しい。

どんなことがあっても大丈夫だと思っていた。進夜が引っ越しで星川の地元を離れることになったときも、もちろん寂しかったし離れたくなかったけれど、暗い結末なんて少しも想像しなかった。根拠なんかなにもなくて、でも星川には強い思いがあって、進夜のことを信じていて、だから大丈夫だと思ったのだ。進夜が迷って俯いてしまっても、自分は前を見て、進夜を引っ張ってどこまでも進んでいけると思っていた。

自分は今、強い気持ちを持っていないんだろうか。進夜を信じていないんだろうか。進夜を引っ張れるだけの力が、ないんだろうか。

「よー、ハヨ、星川」

ゴツ、とまた机に額をぶつけたところへ声をかけられる。ガタリと音がして、隣の席に小松原が座った。

「ん？　どした、デコ赤いぜ？」

「……べつに」

憮然《ぶぜん》と低くなる声を隠せない。小松原はなにも悪くない。おまえのせいだなんて思うのはただの八つ当たりだ。

あのとき、進夜がどうして小松原の誘いを断らなかったのかを、本当はわかっていた。

地元に一緒に帰らないかという話をしたとき、星川は変に動揺して、ちゃんと誘えていなかったのだ。家にこないかと言ったり、日帰りでもいいと言ったりして、具体的なことはなにひとつ決められなかった。あやふやな誘いに進夜は「嬉しい」と答えてくれたけれど、それが確定した予定だとはまだ思えていなかったに違いない。

そんな状況の中で、あのときも星川は進夜を連れて地元に帰るとはっきり意思表示をしなかった。進夜の性格からして、あそこで「星川の地元に行くから」と言えたはずがなかったのだ。

だから今だって、進夜からは言い出せないだろう。連休はきみと一緒に行っていいんだよね。そういう言葉を聞きたいと思うけれど、そんな進夜だったらこんなに星川の心を持っていかなかったし、好きにもならなかった。

あのときは気付かなくて助けられなかったけど、今だって決して遅くない。

星川から電話をして、謝って、「おれと一緒にきてください」とあらためて誘えばいい。今度は電車の時間も泊まる場所もちゃんと決めて。

いや、進夜のことを思うなら「バーベキューに行っておいでよ。おれの分も楽しんできて」かもしれない。いろんなやつを紹介する、と小松原は言っていた。進夜の交流が広がるチャンスなら、自分の欲で抱え込むより送り出すほうが正しいのではないか。

——でもだめだ、そんなの絶対にいやだ。

もう、どうしたらいいのかわからなかった。

進夜から連絡がこないことも、自分から連絡できないことも、星川の心を塞《ふさ》がせてギザギザとさせる。頭痛までしてきて、星川は携帯電話の電源を落とした。

「星川、なんかイラついてる？」

「…………」

「もしかして、進夜をバーベキューに誘ったのよくなかった？」

小松原の敏《さと》さが痛く胸に刺さる。

「なんか約束してたわけ？　だったら言ってくれりゃあよかったのに」

言えたならこんなことになってない。自分も進夜も言えなかった。違う、進夜じゃない、星川が言えなかった。

進夜の気持ちを欲張ったせいだ。試したせいだ。

「あれ、でも星川は実家帰るんだよな？　なに、じゃあ進夜がバーベキューくるのが気に入らねえの？」

「……っうるさいな！」

力任せに机を叩《たた》いて立ち上がる。小松原がぽかんと口を開けて星川を見上げた。

「星川？」

「――ごめん」

授業にやってきた教授と入れ替わりに教室を出る。

自分の醜《みにく》さや低俗さ、卑《いや》しさが膨れ上がって全身をくるむようだった。そういう汚いものを振り捨てて逃げたくて駆け出すのに、ぴったりと身に張り付いたどす黒さは星川から少しも離れてくれない。

いやだ。大声で泣き出したいほど自分が情けない。

春のはじめの頃、自分がどんなふうに進夜を好きで、大切に思っていたのかも忘れてしまいそうだった。


結局、そのままゴールデンウィークを迎えてしまった。

特になにが入っているわけでもないデイバッグが肩にずっしりと重い。星川はため息をつきながら、駅のホームのベンチに腰をおろした。

私鉄でターミナル駅まできて、ここで新幹線に乗り換える。乗る予定の電車が来るまでは、まだだいぶ時間があった。

三月の終わり、まだ肌寒さの残る季節に、明るい希望ばかりを詰めて逆の道を辿ってきたことを思い出す。不安や心配もあったけど、それよりとにかく嬉しくて嬉しくて、それで心がいっぱいだった。

まさかひと月後に、こんな暗い気持ちで帰省することになるなんて。

後ろ髪を引かれる思いでため息を重ねた。

ここへくる道で、進夜の家を訪ねて、一緒に行こうと無理矢理攫《さら》うことだってできたのだと思う。進夜は驚くかもしれないけれど、いやがらないで一緒にきてくれただろう。

だけどできなかった。進夜がどうしたいかは、進夜の意志で決めるべきだ。恋人だからって、進夜の行動を自分が勝手に決めていいはずがない。

けれど、なら恋人とは、こういうときになにができることをいうのだろうか。

こんなふうにもやもやしたり、嫉妬《しっと》のような気持ちを抱えて了見の狭い人間になることだけなのかと考えると悲しかった。やっぱり今は、ひとりで頭を冷やしたほうがいいのだと感じる。

星川は、ジーンズのポケットから携帯電話を取り出した。

メールも着信もないことをたしかめて落胆するのももう何度目だろう。わずかのあいだに零し慣れてしまったため息がまた落ちた。ため息をつくとしあわせが逃げるって言うよ。少し前の自分が言いそうな台詞《せりふ》が思い浮かんで、またため息が出た。

アドレス帳から進夜の番号を探して、逡巡《しゅんじゅん》する。

ひとりで帰る。それは決めた。だけど、なにも言わず、逃げ出すように帰るのは卑怯《ひきょう》すぎるんじゃないか。せめて予定くらいは伝えるべきじゃないのか。

迷って迷って、電車の到着を知らせるアナウンスに焦って、星川はやっとのことで通話ボタンを押した。

数回の呼び出し音ののちに、「もしもし」と進夜の声が聞こえる。

『もしもし、星川？』

耳に触れる静かな声。ひっそりと清潔な音が身体《からだ》を巡る。

逃げるのは卑怯じゃないかとか、予定を知らせるべきだとか、そういうのは全部言い訳だったのだと、進夜の声を聞いてはっきりと自覚した。

ただ、声が聞きたかっただけだ。

「……進夜」

『うん』

一心に星川の声に耳を傾ける、ひたむきな進夜の姿が見えるようだった。きっと携帯電話に強く耳を押し付けて、一言も聞き漏らさないように息を詰めている。星川の大好きな、真面目でまっすぐな進夜だった。

「進夜、あのさ、」

自分が呼んだ名前と被るように、電話の向こうでも進夜を呼ぶ声があった。遠くても、それが小松原の声なのがわかる。

ゆらりとほぐれかけた心が、またどこからともなく引っ張られて硬く縮んでいった。

『星川？』

ゴオ、と音がして、ホームに電車が入ってくる。風に煽《あお》られて、進夜の声がよく聞こえない。

「進夜、おれ、」

騒音に負けないように出した声が、ギスギスと棘《とげ》をまとって自分と進夜をひどく刺すようだった。

まただ、と思った。視界が狭くなる。春の明るい日差しが唐突に翳《かげ》っていくみたいだ。

「これから実家に帰るから。それだけ、言っておこうと思って」

『――え？』

電話の向こうで進夜が絶句した。

傷つけた。だけど、同時に思い知ってほしいと思うことに愕然とする。

進夜、おれだって傷ついてる。つらい。進夜のそばにいられないって思うことが、どんなにつらいかわかる？　こんなことを言って進夜を傷つけることが、おれにとってだってどれだけ痛いことだかわかる？

自分の身勝手すぎる心中にぞっとした。

「電車きたから、もう切るね」

沈黙したままの進夜を置き去りに、通話を切ってそのまま携帯電話の電源を落とす。閉まる寸前の扉から電車に飛び乗って、冷たい扉にごつんと額を押し付けた。

ゆっくりと遠ざかる駅のホームを眺めながら、もう自分は二度とここへ戻ってこられないような気がしていた。


昼過ぎに地元の駅に着くと、びっくりするほど空が広くて青かった。

同じ国の同じ空なのに、こんなにも違うものだろうか。懐かしくて、切なくて、ここにひとりでいることがしみじみと悲しくなる。

星川は、進夜といつも歩いた運河沿いの遊歩道を避け、大きく遠回りをして実家へ帰った。

なんとなく他人行儀にチャイムを鳴らしてから玄関のドアを開けると、この春小学生になった弟の秋斗《あきと》が二階から駆けおりてくる。

「兄ちゃんおかえり！」

「ただいま、アキ」

しばらくは、秋斗がとめどなく話すのをリビングでひたすら聞いた。テーブルには星川の好きないなりずしがピラミッドのように積み上げられている。

母と祖母が、自分が帰ってくるのを待ちながら台所に並んでいなりずしを作る姿を想像したら、ふっと心が軽くなった。離れていたひと月を埋めるように、たくさんのことを話してくれる弟の声と体温も、気持ちをなごませる。

進夜と離れていた頃、自分もこんなふうだった。

会えるときには、なにか進夜を喜ばせることができないか一生懸命考えたし、自分に起こったことを全部話したかった。自分ができること、してあげたいことを考えることでいっぱいで、進夜から返ってくるものなんて考えたことも望んだこともなくて。

そんなふうに、あの頃の自分は、もっと進夜に惜しみなくやさしかった。

どうして、いつから、進夜になにかを期待して、勝手に苛立《いらだ》つような思考に落ちてしまったんだろう。

ガシガシと頭を掻いたところで、ピンポンと家のチャイムが鳴る。母に促され、べったりと離れない秋斗を連れてサンダルをつっかけ玄関に出ると、やってきたのは隣に住む幼馴染みだった。

「――チィ?」

「おかえり、ユータ」

坂代千波《さかしろちなみ》は、出てきた星川を見てにこりと笑った。

「ちーちゃんだ!」

「こんにちは、アキ」

星川はぱちりと目をまたたく。千波は、トレードマークのほっそりとしたお下げ髪ではなかった。顎先で切りそろえられたボブスタイルは、生まれたときから一緒の幼馴染みを知らない女性のように見せる。

「髪、切ったんだ」

「うん。……言っとくけど、べつに特別な理由はないよ」

わざわざそう言われ、居心地の悪いような気分になる。

好きだと告白してくれた千波を振ったのは、高二のバレンタインデーだった。あれから一年以上が経っていて、その後、多少ぎくしゃくはしたけれど、千波は今でも星川にとって大事な幼馴染みだ。

「見慣れないでしょ。似合う？」

「うん、お人形みたいだ」

千波は照れたときの癖で、ちょっと眉を寄せるようにして笑った。

幼馴染みという枠を外して見ると、千波は目鼻立ちのはっきりと整った、快活で気のいい魅力的な女の子だ。それは、千波に告白されたとき、星川が客観的に感じたことだった。

進夜と出会わなければ、もしかしたら、あのときではなくても、いずれ自分は千波を好きになっていたのかもしれない。そうも思った。

だけどあのときすでに星川は、どうしようもなく進夜だけを好きだった。

ほかの誰でもだめだった。目の前で大切な女の子が勇気を振り絞ってくれて、泣きそうな顔をしているのに、進夜に会えてよかったと、そう思っていた。

「ユータ？　どうかした？」

「ううん、平気。それより、なんでおれが帰ってきてるのわかったの？」

ごまかすように話題を変えると、千波はそれを察して少し訝《いぶか》しがるような顔をして、それから小さく肩を竦《すく》めて星川の質問に答える。

「帰ってきたら電話くださいってユータママにお願いしてたの」

なるほど、母は来客が千波だとわかっていたから、自分を玄関に出したのだ。

「……ねえ、あたしがメールしたの忘れてるでしょ」

千波の声が不機嫌に低くなり、星川はぎくりとする。メール、と言われて慌てて記憶を手《た》繰《ぐ》り、はっと思い出した。

そうだ、連休に帰ることをやはり星川の母づてに聞いたらしい千波から、仲のよかった友人たちを集めるから遊ぼうというメールをもらっていた。

そのときはまだ進夜と一緒にくるつもりだったから、星川は「自分ひとりじゃ決められないから相談して返事をする」と返信をしたのだった。けれど結局、進夜に相談する機会はないままで、千波からメールをもらったこと自体を今の今まで忘れていた。

「ごめん……」

「いいよ。それより、もうみんな集まってるから」

星川がこないかもしれなくても、とりあえず集まるだけ集まろうということになったそうで、学校の近くのファーストフード店に十人近くが揃っているのだという。

「でも、おれ、」

人の集まるところは好きだ。大勢で賑《にぎ》やかに遊ぶのも好きだし、懐かしい友人たちの顔も見たい。だけど今は、すぐに行くよと軽く足を踏み出せる気分ではなかった。

渋る星川に、千波は首を傾げて、それからひょいと秋斗の前にしゃがんだ。

「アキ、ちょっとお兄ちゃん借りるね」

「えー、ぼくも兄ちゃんと遊びたいのに」

「夜ご飯までには返すから、ね？」

さらに彼女は家の中へも声をかける。

「ユータママ！　夜ご飯くらいまで、ちょっとユータ借ります！」

「おい、チィ」

台所から、「気をつけてね」と母親の返事がある。行かざるをえなくなった。呆れて見下ろすと、千波も目を眇《すが》めて星川を見返す。

結局、つっかけていたサンダルをスニーカーに履き替えて、千波と並んで外へ出た。

「南くんが、一緒なのかと思った」

ぎくり、と、どきり、の中間で鼓動が跳ねる。

千波は、星川が進夜を好きなことを知っている。付き合っているとは言っていないが、星川の進路や行動、家族の話から、気付いているのかもしれなかった。けれどそれを訊ねて確かめることも憚《はばか》られて、星川は「ひとりだよ」とだけ答える。千波も「そっか」と相槌を打っただけで、それ以上はなにも言わなかった。

学校のほうへ行くということは、さっき避けた遊歩道と橋を通らなければならない。遠回りしようとは言い出せなくて、仕方なく運河沿いの遊歩道へおりる。

「――懐かしいね」

千波が、赤茶のレンガ道の遠くを見てそう呟いた。

「え?」

「ユータ、昔よくここ走ってたでしょ」

「……ああ、うん」

たしかにここをジョギングコースにしていた。だけど、自分がここを走っていたことはぼんやりとしか思い出せなくて、それを懐かしいとは思えなかった。

生まれてからこの春まで、十八年暮らした町だ。家族との、友人との、数えきれないほどの思い出がある。

なのに、星川がここで思い出してやまないのは、たった一年だけを一緒に過ごした進夜の姿だけだった。

夏服の真っ白いシャツの、ほっそりとした背中。秋の詰襟《つめえり》の几帳面《きちょうめん》な襟元。冬のピーコートとチェックのマフラー。春の、大きめで肩が少し落ちた学校指定のセーター。

黒髪の清潔な襟足。すんなりと細い首筋。丸くて小さな頭。やさしいラインの白い頬。ピンとまっすぐな長い睫毛。

どの季節も、進夜の姿は星川にすっきりと清い百合《ゆり》の花を思わせた。

きれいな進夜。今ごろ東京で、バーベキューを楽しんでいるんだろうか。——小松原と。

泣きたいような、怒鳴りたいような、複雑に荒れた感情が込み上げて、星川はぐっと唇を噛みしめた。


外に出ると、もう外は真っ暗だった。

ファーストフード店の地下の客席にいたせいで、日が暮れるのにも気がつかなかった。腕時計は普段からしないし、携帯電話も家に置いたままだ。店に入ってからは時間が経つのがひどくゆっくりで、七時前だと時刻を聞いてももっと遅い時間のように感じた。

この後カラオケに行くという千波たちと別れて、星川はひとりで家へ帰ることにする。付き合いが悪いと口々に文句を言われたが、とても気持ちが付いていかなかった。

空を見上げながら、のろのろと歩く。

「……暗いなあ」

あたりが暗いのは、周りになにもないからだ。四月から暮らしている町は、夜になってもそれなりに明るい。暗いのがこんなに心許ないなんて思うのははじめてだ。昔は、月と星があれば明るいと思っていた。

この町は、なにもなくても、流れ星がたくさん降る。不思議だけれどここはそういうところだった。だけど、今日はいつまで眺めていても星は流れない。

首が痛くて、平衡感覚が狂ってきて、星川は上を向くのをやめた。

橋を渡り、運河沿いの遊歩道をひとりで歩く。途中で足を止めて引き返した。ヨットのオブジェを通る、自宅とは逆の道は、かつて進夜が暮らしていた家がある方向だ。

南欧風のかわいらしい家には、今は別の家族が住んでいた。知らない表札がかかっていて、出かけているのか家の電気は消えている。

星川は、進夜の部屋だった二階の窓を見上げた。

最後の夜に、ダンボール箱ばかりのガランとした部屋で枕を並べた。好きな人をはじめてベッドの上で見下ろした。はじめてキスをしたのもそのときだ。

とめどなく膨れ上がる愛情ばかりを抱えて、もしかしたら、あの夜が一番深く進夜と心を繋げられていたのかもしれない。

なんでだろう。どうして。

あのときに比べて、心だって距離だってすごく近くなったはずなのに、どうして会えなかった頃より今のほうが、相手を遠くに感じるんだろう。進夜のこと理解してるつもりだし、全部わかってあげたいと思うのに、どうしてその気持ちどおりに進夜にやさしくすることができないんだろう。

ふたりともこの町に住んでた頃が一番よかった。あの頃に戻りたい。だって、学生服を着て、手を繋いで、それだけのほうが、今よりずっと——。

そんなふうに思うことが悲しかった。

とぼとぼと家へ帰る。

「……ただいま」

玄関を開けるのと同時に「遅いじゃないの！」と叱《しか》られた。

「え、ごめん」

それほど遅くなったというつもりはなくて、母親の強い語調に驚いて怯《ひる》む。

「ついさっきまで、南くんがいたのよ！」

続いた言葉が信じられなくて、星川は玄関で呆然と立ち尽くした。

「進夜が？　……いた？」

「あなたとちょうど入れ違いできてくれたの。帰るっていうの無理言って引き止めて、さっきまでアキと遊んでいてくれてたんだけど、電車がなくなっちゃうからって、ちょっと前に帰っちゃったのよ、もう！」

心臓が痛くて止まりそうに感じた。なにも言えず、そのまま家を飛び出す。

がむしゃらに走って駅を目指した。気持ちばかりが先を急いで身体が追いつかないせいか、足はもつれるし、息は切れるし、何度も転びそうになるし、とても元陸上部だなんていえないひどい走りかたになる。でも、不恰好でも、みっともなくても、絶対に追いつきたかった。

進夜。たったひとりでここまできて、自分を待っていてくれた。いったいどんな気持ちでいたんだろう。消極的で物静かな進夜が、どれだけの勇気を振り絞ってひとりでこの距離を来てくれたのか。考えただけで胸が締めつけられて息ができなくなった。

むせながら、また転びそうになる。

好きだよ進夜。

大好きで、そればかりだった頃の一直線な気持ちが身体に戻ってくる。好きだよ。

「ごめんなさい！　あとで払います！」

駅のホームから発車のベルが聞こえる。切符を買っている余裕もなくて、悪いことだとわかっていたけど改札を飛び越した。階段を駆けあがる。大丈夫だ、間に合う。

そう思った瞬間に足を踏み外した。手すりを摑んで、すんでのところで転がり落ちるのを防ぐ。

頭上でベルが鳴り終わり、一瞬あたりがシンと静かになる。

「――進夜！」

もう届くのは声しかなくて、力の限りに叫んだ。

進夜、ごめん。行かないで。

離れたくない。離れたくない。去年の夏と同じくらい、――それ以上で思った。

行かないで。お願いだ。

シュウ、とドアが閉まる音がする。言葉を選んでいる場合ではない。

電車を降りてほしい。思うのはそれだけだった。

「……っ次で、降りろ！」

叫ぶのと同時にホームに着いた。ゆっくりと電車が動き出す。目で追うと、ドアのガラスの向こうに進夜が見えた。かちりと目が合う。驚きで瞠られた瞳《ひとみ》。ほしかわ、と進夜の唇が動いたように見えた。

「…………っ」

踵《きびす》を返して、階段を駆けおりる。改札を飛び出して、慌てて戻ってポケットの小銭で入場料を払った。あらためて、線路沿いに走り出す。

さっきは真っ暗に感じた道が、星明かりにキラキラと光っているように見える。

はやく進夜に会いたかった。

星川が隣の駅についたときには、もう電車は終わっていた。中途半端な田舎は、東京に比べて終電がずっとはやい。進夜が改札の外で、ひとり所在なげに立っているのが見える。日帰りのつもりだったのは、通学用より一回り小さい鞄から明らかだ。

「しん、や……っ」

駆け寄った星川に、進夜も歩み寄る。黒々と潤《うる》んだまなざしと目が合って、なにか考えるより先に腕が伸びた。人目があるのも忘れて、ぎゅ、と抱きしめる。

「星川……」

「ごめん、おれ、汗くさいかな」

走りどおしだった星川は、びっしょり汗をかいていた。不快な思いをさせているだろうと思いながらも、抱きしめる腕をゆるめることができない。離したらまた進夜が遠ざかってしまうような気がした。

「でも、もう少しこのまま、」

「……うん」

なかなか整わない荒い息に上下する星川の背中を、進夜のてのひらがそろそろと撫でた。遠慮がちで、でも甘い、特別な仕種が星川の胸をたまらなくときめかせる。

しばらくそのままかたく抱きしめて、惜しみつつ腕をゆるめた。肩にきつく押しつけすぎたせいで、進夜の頬はかたっぽだけ赤くなってしまっている。

「ごめん、進夜。もう帰れないよね。どこか入ろうか」

あまり知らない駅前をぐるりと見渡す。二十四時間営業のファミリーレストランが見えたので、そこに入ることにした。

窓際の四人掛けのボックス席に案内され、腰を落ち着ける。連休中のせいか、店内はそれなりに混んでいた。

向かい合ってメニューを開いたら、急に空腹に襲われた。店の壁掛け時計を見ると、午後の九時に近い。昼も中途半端にしか食べていなかったので、腹が減るのも当たり前だった。星川が和風ハンバーグを注文すると、進夜も同じものを頼んだ。

「進夜、その、——引き止めてごめん」

星川があらためて頭を下げると、進夜はふるふるっと短く首を振った。

「おれこそ、急にきてごめん」

メールをしようと思ったけどできなかった、と進夜は言った。気持ちはわかって、申し訳なさが募る。もう一度「ごめん」と言うと、進夜は謝罪を拒むように、さっきより強く首を

振った。

「きみの迷惑でなかったなら、それでいいんだ」

「迷惑なんて……っ、そんなこと、あるわけない」

星川が強く答えると、進夜はホッとしたように少しだけ頰の強張《こわば》りを解く。

一方的に進夜を拒んで、不安な思いをさせた。そのことがひりひりと胸に迫る。

食事を終えると、食べているあいだは気にならなかった沈黙が、広々としたテーブルで存在感を増した。

「進夜」

「うん？」

「どうして、来てくれたの？」

思い切って訊ねると、進夜がためらうように目を迷わせる。

「……星川が電話くれたとき、近くに健斗がいたんだ」

わかっていたことだったけれど、相槌すらうまく打てなくて星川は口を噤んだ。黙った星川を窺うように進夜も黙って、少ししてからまた口を開く。

「恥ずかしいことだけど、おれは電話をもらうまで、星川の家に一緒に行けるって思ってたんだ」

「――え？」

「のんきだよね。待ってれば星川が迎えにきてくれるんだろうって、勝手に思い込んでた。だからあのときは健斗に、バーベキューには行かないって話をしていたところで……」

呆然とする星川に、進夜はぎこちなく苦笑いのような表情をつくった。

「これから実家に帰るって電話で言われたとき、はじめて自分の鈍さに気付いて青くなった。愛想を尽かされたんだって思って動揺して、健斗にすごく心配されて、事情を——星川の実家に連れて行ってもらうつもりだったことを話したんだ。そうしたら、絶対行かなきゃだめだって無理矢理バイクに乗せられて、駅まで連れて行かれて、見送られて……」

強引な小松原のやりかたは、星川をさらに複雑な気分にさせた。

ありがたいと感じる。だけど一方で、進夜は小松原に背中を押されたから来たのだという事実が胸を塞がせた。

それに、バイクに乗せられてというところも引っかかった。進夜は免許を持っていないのだから、当然二人乗りだろう。そんなの、自転車でだって自分は進夜としたことがない。

「もうやだ。おれって最悪」

テーブルにごつりと額をぶつけた。ズキズキと胸が痛い。

どうして自分はこんなにひどいやつなんだろう。心が狭くて、恰好悪くて、捻《ね》じ曲がったことばかり考える。

ここまできてくれた進夜の勇気をわかっている。気持ちが自分に向いていると感じている。

もっと素直に、混じりけなく、きてくれて嬉しいと、そう進夜に言いたかった。

だって本当に、ありがとう、好きだよと、今この瞬間だって思っている。

ただ、それに不純物が混じっていて、ためらいなく進夜へ差し出すことができなくて、そのことがつらい。

「進夜、……おれが思ってること、正直に言ってもいい？」

抱えているのが苦しくてそう言うと、進夜ははっと居住まいを正した。

「うん、聞かせてほしい」

「嫌いにならないって、約束してくれる？」

「もちろん」

弱気で子供みたいな言葉を、進夜は笑うことなくまっすぐに受け止めてくれる。星川はひとくち水を飲み、ゆっくりと深呼吸をしてから口を開いた。

「――おれね、健斗に嫉妬してるんだと思う」

シット、と進夜が知らない言葉を繰り返すみたいに声にする。

「いやなんだ。最初から、いやだった。進夜のこと名前で呼んで、進夜に名前を呼ばれてる。おれが行ったことない進夜の部屋に入って、進夜の作った料理食べて、一緒にバーベキューして、進夜のことバイクに乗せて」

「でも星川、それは」

「わかってる。いいやつなんだろ。おれもそう思う。ここで今話せてるのも健斗のおかげなんだって、わかってるよ。でも、……だからなのかもしれない。健斗がいいやつだから、おれはどんどんイヤなやつになる」

「そんなこと」

「スゲーやなやつだよ。進夜はおれのなのにって。なのになんでって」

なんで。

「……なんで、進夜はおれを一番の特別だって思わせてくれないの、って」

口にしてみると、思っていた以上に狭量な言い分だった。ひどい言いがかりだ。

進夜が困惑するように俯くのが見えて、星川も深くうなだれた。

「ごめん、進夜」

ううん、と進夜は首を振って、それからためらいがちに「今日の星川は謝ってばかりだ」と言った。たしかに、駅で会ってから、ずっと謝っているかもしれない。だけど、それで足りるなんてことはなかった。

「ほんと、ごめん」

「――また、」

「うん。おれも、こんなに謝ることばっかりだと思わなかった。もっと、楽しいことばっかりが起こるんだって、思ってたよ」

あの頃進夜は、少し俯いて、いつもどこか寂しげで、たくさんのことを諦めたように見えた。

だから自分は進夜を楽しませたかった。いろんなことに誘って、一緒に過ごして、たくさん笑ってほしかった。進夜がしあわせで楽しい毎日を過ごせるように、自分の全部でやさしくしたかった。

なのに、今自分がしていることは、理想や決心と正反対だ。

「昔のほうがよかったな。あの頃のほうが、進夜にずっとやさしくできたし、一緒に帰るだけでも、廊下で会うだけでも、どんな小さなことでも全部楽しかった」

「……今は、楽しくない？」

進夜の声が、傷ついたように揺れる。

「進夜は？　楽しい？」

星川の意地の悪い切り返しに、進夜が口ごもって目を伏せた。

カラン、とグラスの中で、氷が溶けてなくなる。近くのテーブルで、友人同士らしいグループがどっと笑う声がする。窓の外はシンと暗い夜だった。

「星川、でも……、おれは、それでもいい」

ぽつりと進夜が呟く。視線を戻すと、進夜はいつも潤んで見える黒蜜《くろみつ》のような目を揺らめかせて、静かに星川を見つめていた。

「おれも自分のこと情けない。星川がそんなふうに思ってること、ぜんぜん気付かなかった。おれは、今まできみに甘えすぎてたんだ。ごめんって、すごく思う。ごめん。……でも、謝るばっかりでも、全部が楽しくなくても、うまくいかなくても、それでもおれは、きみといる毎日がいい」

「進夜……」

ほんとうに？　と縋《すが》る自分の声が情けない。本当に、こんな自分と一緒にいたいと、進夜は思ってくれているのだろうか。

「おれ、余裕なくて、独占欲ばっかで、ぜんぜん進夜にやさしくできないのに？」

「やさしいよ。星川はやさしい。でも、そうじゃなくていいよ。きみはもっと、わがままを言っていい。いやなことも、おれにしてほしいことも、全部言って？」

「だめだよ。おれは進夜に言うことをきかせたいわけじゃない。誰かと仲良くするなとか、そんなこと言いたくないよ」

進夜は少し考えるように黙った。俯いて、自分の中で考えをまとめているのが向かいの星川にも伝わる。進夜はいつも慎重で、だから嘘がない。

「星川、おれ、さっき、電車を降りろって言われたとき、すごくドキドキしたんだ」

自分が夢中で叫んだ乱暴な言葉を思い出す。『降りて』ではなく『降りろ』と言った。あんな命令するような言葉は、記憶にある限りではじめて使った。いくら余裕がないとはいえ、大事な人に向ける言葉ではないだろうと今更反省する。

「……ごめん」

「どうして？　きみの剝き出しの心が見えた気がして、嬉しかった」

進夜の目元がやさしくなごむ。

「健斗に嫉妬してるっていうのも、教えてくれてありがとう。おれにはきみしかいないんだから、そんな必要ないのに。――料理をはじめたのだって、」

「え？」

「一緒にカレーを作ったよね。星川は思ったより不器用で、この先もあまり料理はしなそうだった。だから、おれが覚えようと思ったんだ。またきみと一緒に食事をしたかったし、きみがもし美味《おい》しいって言ってくれたらきっとすごく嬉しいって、思って」

きみのためだなんて進夜は押し付けるようなことは言わなかったけれど、それはたしかに星川のためだった。

正面に座る進夜をじっと見つめる。進夜もまっすぐに星川を見返した。

「だから、本当に……」

そこで進夜は視線を落とした。目を逸らすのではなく、はにかむ甘さが漂う仕種に、星川は引き寄せられるように次の言葉を待った。

「おれは、きみの言うことをききたいよ」

ささやく声は、輪郭が溶けた砂糖のように曖昧に甘い。殺し文句というのはこういうことを言うのだと思った。甘やかす言葉は、まるで暴力みたいな鮮やかさで星川を虜《とりこ》にする。

「おれも昔、きみのことを避けて傷つけた。だけどきみは許してくれたよね。きみがずっとおれにやさしかったみたいに、おれもきみにやさしくしたいよ。――祐太」

ぎくしゃくとぎこちなく、進夜がはじめて星川の名前を呼んだ。

目が眩《くら》むようなしあわせに、じんわりと涙が込み上げる。

「進夜」

「うん？」

スンと鼻をすすった。

こんなに心を傾けてもらって、それでもまだほしいものがあるなんて自分はどれだけ欲張りなんだろうと思う。

だけど、どうしても、どうしても触れたかった。

「おれ、……進夜を全部、おれのものにしたいな」

「いいよ」

凛とはっきりした進夜の返事は、星川のわがままから少しも間を置かなかった。

暗い路地を入ったところに、ひっそりと古いホテルが建っていた。ラブホテルなんてもちろんはじめてだし、自分たちは男同士だし、尻込みする気持ちは大きかったが、進夜の手を引いてエイと気合いで足を踏み入れる。自動ドアの音がやけに大きく聞こえて、星川も怯んだけれど、進夜は猫の子のようにびくりと身を竦ませた。

なんとか無事に部屋に入って鍵《かぎ》を閉めると、お互いから同時に深い吐息がこぼれた。初心者の緊張が気恥ずかしくて可笑《おか》しくて、目を合わせてぎこちなくちょっと笑う。

「おれ、風呂入ってきてもいい？」

「う、うん」

微かでも進夜の笑顔を見られたことで、気持ちが少しほぐれた。

手早くシャワーを浴びた星川がタオル一枚でバスルームを出ると、ベッドの端に所在無く腰掛けていた進夜がはっと顔を上げ、それからぱっと目を伏せる。初々しい戸惑いに、星川の胸へ込み上げたのははっきりとした欲望だった。足元が覚束なくなり、床がゼリーみたいにやわく感じる。

「あの、じゃあ、おれ、も、」

立ち上がり、バスルームへ向かいかける進夜の手首を掴んで引き止めた。え？　と、もの問いたげに見上げてくる進夜へ、唇を落とす。

重ねた唇は緊張にかカサカサと乾いていた。舌を出して唇を舐《な》めると、進夜はきゅっと身をかたくする。

「――ん」

正面から抱きしめてあらためて口付けると、自然と進夜の唇がほどけるみたいにゆるむ。それだけでもぞくぞくして、星川は逸る気持ちのまま舌を押し込んだ。進夜の口の中は、びっくりするほど甘くて熱っぽい。夢中で探ると、進夜の舌がおずおずと星川に応えた。

「ン、……っ」

縺《もつ》れて転ぶようにしてベッドへ倒れ込んだ。間近で合わせた目の中に、同じ戸惑いと熱と欲望が見える。大きく呼吸するリズムも、瞼を伏せる速度もきっかり同じだった。

キスの合間に、急いた手で進夜の服を取り去る。白い肌はなめらかで、磨かれたみたいに傷ひとつない。どんな恰好をしていても、なにも着ていなくても、進夜はきれいなのだと感動した。

「ほ、ほしかわ……」

ほっそりとした身体を跨《また》いだ姿勢で、ずいぶんと長いこと全裸を見下ろしていたのかもしれない。泣き出しそうな声で呼ばれて星川ははっと我に返った。

「ごめん。きれいだなあって見惚れてた」

進夜は安堵と羞恥《しゅうち》が入り混じったような複雑な表情をして目を伏せる。ばら色の頬もきれいで、星川は欲望のままに身を屈《かが》めてかじりついた。

「ひゃ……っ」

「食べちゃいたい。ぜんぶ。進夜、かわいい、大好き」

熱が溜まってくらくらする身体を持て余しながら、進夜の身体中にキスをする。唇、首筋、くっきりとした鎖骨、淡い桃色をした胸元。

「……っ、ぁ」

尖った桃色を舌で弾くと、進夜がひそやかな声を上げた。はじめて聞く色っぽい喘《あえ》ぎに、星川の頭に血がのぼる。戸惑うように声をのむ進夜の唇をキスでほどきながら、星川は小さな粒を指先で執拗《しつよう》に転がした。

「あっ、……やっ、ンっ」

ぎゅ、と摘《つま》むと進夜の声が高く掠《かす》れる。聞いているだけで気持ちよくて、もっともっとと手が不器用に欲張っていく。

こつりと浮き出た腰骨を撫でて、臍《へそ》の下へ手を伸ばした。茂みは薄くてふわふわとやわらかい。触れた性器は、すでに熱を持って勃《た》ちあがっていた。

そうっと握ると、進夜の両腕が星川の脇《わき》から背中へ回る。そのましがみつかれて、興奮で全身がぶるっと震えた。

めちゃくちゃにしたい。大切にしたい。――頭が変になりそうだ。

膝を押し開いて、指をさらに奥へ向ける。きつく蕾《つぼ》んだ場所を撫でると、進夜の背筋がびりりと緊張した。

「……こわい？」

訊ねる自分の息が獣のように荒くて驚く。やさしい声を出したくて息を整えて、それでもゼイゼイと逸る呼吸はどうにもおさまらなかった。こんなんじゃ、進夜にこわがられてもしかたない。

「へいき……」

進夜はスリ、と星川の肩に額をこすりつけた。甘えるような、宥めるような、透明な蜜みたいな仕種に胸を撃ち抜かれる。

好きだ、やさしくしたい。

ぎりぎりのせめぎあいに勝ったのはかろうじてそちらで、星川は荒れる欲望を必死に押し込める。

かたく閉ざされた場所を、慎重に拓《ひら》いていった。進夜はときおり痛そうに顔をしかめたけれど、星川の指を拒むことはせずにじっと耐えてくれる。内側の粘膜は、徐々にやわらかくなり、ますます熱くなった。進夜の吐息にも少しずつ甘さが混じる。

「や、あ……っ、ア、」

「かわいい、たまんない、どうしよう」

どこにどう触れると進夜が気持ちよくなってくれるのか、もっと知りたかった。自分の指に、唇に、進夜が応えて甘い声を聞かせてくれるのが嬉しくて、メーターを振り切ったみたいな興奮に目が眩む。

「進夜、しんや、……入れて、いい？」

ぽたぽたと顎から汗が落ちて進夜の身体を濡らした。進夜も額にびっしりと汗を浮かべて、息も絶え絶えに頷く。

慎ましく閉じかかる蕾に先端を押し当てて、こわごわと腰を進めた。進夜が震える息を浅く繰り返して、必死に星川を招こうとしてくれる。

「しん、や……」

「ふ、……ハァ、…あ、っ」

進夜の献身で先端がすっかり包まれると、指が知ったよりずっと強烈な、とろけるような熱さと快感に支配された。あとはもうわけがわからなくなって、ぐらぐらと身を揺するような目眩《めまい》の中で、気付けば深々と進夜のなかにいた。

「進夜、だいじょうぶ……？」

声をかけると、きつく閉じられていた進夜の目がゆるゆるとひらいた。蜜がけにしたみたいな瞳の揺らぎにどきりとする。

「うん、……ね、星川？」

進夜の手がするりと伸ばされた。指を絡めてぎゅっと繋ぐと、切なく胸が絞られる。

「きみが、おれの、一番の特別なひとだって……わかる？」

ドッと、息が止まるような衝撃が心臓を襲った。

なんで進夜はおれを一番の特別だって思わせてくれないの。そう言った自分への、進夜の真心からの答えが目の前にはっきりとあった。

「わかる、わかるよ進夜」

「よかった……。おれもわかるよ、おれはきみの、特別なんだって」

ほう、と息をつく進夜がいとしくて、かわいくて、切なくて、涙が零《こぼ》れる。繋いだ手は離したくなくて、ぐすぐすと進夜の肩に顔を伏せた。慈しむように、進夜が星川の髪に頬をすり寄せる。

「星川、かわいい、……だいすき」

今お互いが、重なった身体と同じくらいにぴったりと同じ想いを抱えている。

辿り着いた。満たされた。そういう気持ちでいっぱいになる。それから、好きだと、呆れるくらいそればかり思う。好きだよ、好き。

「好き、進夜。すごく好き。こんな……ほかに、なんて言えばいい？　好きだよ」

「うん、おれも、好きだよ。大好き」

繋いだ手に促されて、ゆっくりと腰を穿《うが》った。あ、とのけぞる喉がきれいで、夢見心地になる。こんなにしあわせで満たされていいんだろうか。不安になるくらいの幸福を抱いて、つたなく情熱的に進夜を揺らす。

「あ…っ、あ……ッ、……ン、ぅ」

かたく繋いだ手の甲に、進夜がきりりと爪《つめ》を立てた。なぜだか、そんな些細なことを引き金にして、ぱちりと弾けるように進夜のなかに放ってしまう。進夜がひくりと爪先を震わせ複雑に粘膜をざわつかせるのがたまらなくて、低く呻《うめ》きながら最後の一滴までを出しきる。

「……っん、ア…！」

逐情に煽られるように、進夜も切羽詰まった声を上げて星川の腹を濡らした。

涙が零れた進夜の目尻にちゅ、とキスをすると、進夜も星川の目の端にやさしく口付ける。

チカチカと星が降るようなはじめての夜のしあわせに、触れ合うキスはいつまでも終わらなかった。

朝になり、電車でひと駅隣へ戻った。まだ静かな道を、手を繋いでゆっくりと歩く。

駅から一緒に通った学校へ。橋を渡り、運河沿いの遊歩道。星川の弟と進夜の妹が通った幼稚園。引き返して、また遊歩道へおりた。

この遊歩道を並んで歩くと高校生の頃に戻ったようで、だけど今日は、あの頃とも昨日までとも違う絆《きずな》が進夜とのあいだにある。そのことがそわそわと照れくさくて嬉しい。

「進夜、もうぜーんぶおれのものなんだなあ」

とろけるようなしあわせのまま呟くと、進夜がふわりと赤くなって俯いた。

「嬉しいな、進夜、ほんとすっごくかわいかった」

「星川、あんまり、そういうこと……」

「だって本当に嬉しいんだ。おれも、ぜんぶ進夜のものになれたし」

進夜はますます赤くなり、けれど「うん」と頷いて、繋いだ手にきゅっと力を込めた。星川が握り返すと顔をあげ、ほんのりと甘い笑顔を向けてくれる。昨日よりずっときれいだと思うのは、自分の目が変わったんだろうか、進夜が変わったんだろうか。

「これからもさ、いろんなことが変わったり、起こったりするんだと思う」

「うん」

「でも、ずっと一緒にいたい。一緒にいよう」

うん、と進夜が頷く。

「きみが好きで、きみといたい。それだけは、きっとなにがあっても変わらないよ」

凛ときれいで、進夜はいつも純粋だ。好きだなあと、また気持ちが溢れ出す。

「そういえば、」

「なに？」

「進夜はもうおれのこと名前で呼んでくれないの？」

昨夜一度だけ呼ばれて以降、また呼びかたが「星川」に戻ってしまっている。指摘すると進夜はきょときょとと目をさまよわせた。きゅ、きゅ、と繋いだ手に忙しなく力が込められて、動揺がありありと伝わってくる。

かわいくて、それだけでもうなんでも許せてしまう。名前なんてどんな呼ばれかただっていい。星川、と、進夜が呼ぶ声と抑揚が好きだった。

実家に戻ると朝帰りを叱られた。頭を下げて謝って、荷物を抱えてそそくさと逃げ出す。行こうと手を引くと、外で待っていた進夜は気遣わしげに星川家を振り返って見上げた。

「本当にいいの？」

「うん。進夜と一緒に帰りたいから」

ふたたび駅に戻る。改札の前で星川が立ち止まると、手を繋いだままの進夜も一緒に足を止めた。

「星川？」

「あのときのこと、思い出すね」

高校三年の夏、気持ちを通じ合わせて、翌日遠くに越していく進夜を見送った朝のことを思い出すと、しんみりした気分に襲われる。もうあのときみたいに離れたくない。強い気持ちで、あらためてそう思った。

一緒に改札を通り、電車に乗った。車内はガラガラで、手を繋いだまま長いシートに並んで座る。

進夜が越していくときも、昨日も、胸を痛めるように鳴った発車のベルが、穏やかに耳に届いた。ここから、ふたりで出発するんだなと感じる。

ドアが閉まり、電車が動き出した。ゆっくりと、故郷の町が遠ざかる。

「進夜、今度はさ、一緒に流れ星を見にこよう?」

「うん。一緒に」

手を繋いで、未来の話をする。

春の淡い青空に、キラリと星が流れるのが見えたような気がした。

初恋と夏空の花火

一緒に過ごすはじめての夏休みだね、と星川《ほしかわ》に言われるまで、進夜《しんや》はそのことに気付かなかった。

進夜は星川が通う高校に、二年の夏休み明けに転入した。そこにいたのは一年弱、次の年の夏休みがはじまるまでだ。星川との思い出は一年分、四季を通して細やかにたくさん残っているけれど、たしかに夏休みだけがぽっかりと抜けている。

『おれ、進夜としたいことたくさんあるんだ』と星川は言った。『時間がいくらあっても足りないな。できるだけいっぱい遊ぼうよ』とも。

そうして、力強く星川に手を引かれる感覚が、進夜は好きだった。はじめて会ったときからずっとそうだ。星川と一緒にいると、周りの景色がグンと色濃く鮮やかになって、眩《まぶ》しくきらめく。

繋《つな》いだ手だけを頼りにするようにして、夏休みを過ごした。

海に行って、プールに行った。ホタルを見に行ったり、網とカゴを携えて虫を取りにも行った。取った虫は同じように公園で虫取りをしていた小学生にあげてしまったけれど、思い出ははっきりと進夜の中に残っている。

一番たくさん行ったのは神社の夏祭りだ。どこで情報を集めてくるのか、星川はあちこちの祭りの日程を知っていて、近所だけでなくいろんな場所へ出かけた。人ごみにまぎれて手を繋いで、お参りのときの進夜の願いごとはいつも『星川とずっと一緒にいられますように』だった。

一生懸命に楽しむ夏は、目が回るようで、だけどなにをしていてもどんなに暑くても、キラキラと眩しくきらめいてしあわせだった。

だから進夜は忘れていたのだ。

「……ごめんね、星川」

「ううん、おれのほうこそごめん」

幼い頃《ころ》に亡くなった母に似て、進夜は夏の暑さにひどく弱い。

毎年夏になると、なにも特別なことをしていなくてもかならず体調を崩す。高熱を出したり蕁麻疹《じんましん》が出たり症状は様々だ。慣れたことなので進夜は「ああまたか」と思うだけだったが、星川はそうは思えないようで、枕元でしょんぼりと肩を落とした。

「進夜が夏に弱いの、聞いて知ってたのに楽しくて忘れてた。おれのペースで振り回して、疲れが出たんだよね、本当にごめん」

今日も本当なら一緒に出かける予定だった。テレビの中継もある、川沿いの大きな花火大会がある日なのだ。進夜が微熱に気付いたのは昨日の夕方だった。花火には行きたかったので風邪薬《かぜぐすり》を飲んではやめに休んだけれど、今朝になっても熱は下がらず、仕方なく星川に体調が悪いので花火の約束はキャンセルにしてほしいとメールで伝えた。

ひとり暮らしの進夜のマンションは、駅から程近い１ＬＤＫだ。学生にしては広い住まいなのは、関西で家族と住んでいる父親が出張の際に滞在するためで、そのせいか星川は遠慮して滅多にやってこない。けれど今日はメールから十分も経《た》たないうちに玄関のチャイムが鳴った。開口一番「ごめん！」と言って、その後も星川はずっとベッドのそばで気落ちしたままだ。フローリングの小さな寝室に、ブルーな沈黙が満ちる。

申し訳ないことをしたと、進夜も布団の中で小さくなる。

自分の体調のことなのに、忘れていたのは進夜も同じだ。決して星川に振り回されたなんて思っていない。だけどそう伝えても、結局ごめんと謝り合うばかりな気がした。

俯《うつむ》いた星川のつむじばかりが見える。ここまで走ってきたのか、襟足《えりあし》がうっすらと汗ばんでいた。

「花火、」

ぽつりと進夜が呟くと、星川の顔が上がる。

「行きたかったたな、花火」

「うん」

「今日じゃなくても、また、違う場所の花火に行けたらいいなって、思う」

「そうだね。……うん」

無理をしていたわけじゃない。自分もこの夏が楽しくて仕方ない。そういうつもりで言った進夜の気持ちが伝わったのか、星川は頷《うなず》きながら少しずつ表情を明るくした。

「調べとくよ。それより、進夜ほしいものない？　おれ、一目散にきちゃったけど、コンビニくらい寄ってくればよかった」

熱どのくらいあるの？　食欲はある？　水分摂《と》った？　と星川が立て続けに訊《たず》ねてくる。

熱は昨日から変わらず微熱程度だ。食欲はあまりなかったけれど、喉は渇いている。そう言うと、星川は「わかった」と神妙に頷いて、近くのコンビニへ出かけていった。

しばらくして戻ってきた星川は、両手に大きなコンビニの袋をひとつずつ持っていた。

「……こういうとき、なに買えばいいのかよくわからなくて」

星川は途方に暮れた声で言いながら、袋の中身を進夜の周りに並べていく。

二リットルのスポーツドリンク、麦茶、牛乳、野菜ジュース、レトルトのおかゆ、冷凍のうどん、ゼリー、プリン、アイスクリーム、栄養剤、チョコレート、マンガ雑誌。

あまりの量に、進夜は唖然《あぜん》としたあと、つい笑ってしまった。

「……笑われた」

「ううん、ごめん」

意外なことに、星川の生活能力はさして高くない。親元を離れて四ヶ月ほどになるが、いまだに自炊は滅多にしないし、掃除や洗濯もあまり得意ではないようだ。そういう部分においては、進夜のほうが適応力があった。

だからなのか、こういうとき、進夜はとにかく星川をかわいいと感じる。いとしくて頬《ほお》がゆるんで、星川を子供みたいにぎゅっと抱きしめたくなって、でもまさかそんな弾《はじ》けたみたいな行動には出られない。

「ありがとう、星川」

進夜はもそもそと半身を起こして星川の手に触れた。

好きで好きで、身がぱんぱんに膨れ上がるようだった。星川へ、まだもっとできることが、渡せるものが、見せられるものがあるんじゃないかと思えて仕方ない。こんなにしあわせにしてくれる星川を、自分ももっとしあわせにしたい。

もどかしいような気持ちで、指を、握った手から腕へ辿《たど》らせた。日焼けしたなめらかな小麦色が、太陽みたいな星川によく似合う。星川が指に応《こた》えて身を寄せてくれて、進夜の頬を撫《な》でた。

進夜の携帯電話が鳴ったのは、目を伏せようとした矢先だった。

ふたり同時にビクリとして身を離す。サイドチェストで充電されていた進夜の携帯電話を手に取った星川が、差し出しながら「健斗《けんと》からだよ」と言った。声がどこか素っ気ない。進夜はなんだか申し訳ないような気分で電話を受け取った。

星川はコンビニで買ってきたものをまた袋に戻して、冷蔵庫に入れてくる、と寝室を出て行く。

ゴールデンウィークの一件を越えても、星川の小松原《こまつばら》に対するわだかまりのようなものは消えていないようだった。星川の周りに人が絶えないのは、好かれる人柄ももちろんだけれど、彼自身が基本的に人を好きだからだろうと進夜は思っている。だからこんなふうに、誰《だれ》かに対して星川が不機嫌になるのを見るのは本当に珍しくて意外なことだった。

「もしもし」

『あ、進夜？　あのさ、今日の花火って行く？』

電話の向こうで、屈託のない明るい声が弾けた。

「行くつもりだったんだけど、体調崩しちゃって」

『そうなんだ、進夜夏苦手って言ってたもんな。じゃあ星川は？』

「星川が、なに？」

訊ね返すと、戻ってきた星川が、首を傾《かし》げてベッドの端へ腰を下ろす。進夜も星川に首を傾げ返して、小松原の話の続きを待った。

『やー、星川にも電話したんだけど繋《つな》がんなくてさ』

「星川ならここにいるけど……」

送話口を覆って、星川に「携帯鳴らなかった？」と訊ねる。星川はジーンズのポケットを探って「忘れたみたい」と苦笑いする。進夜のメールを受けて、慌てて飛び出してきたせいに違いなかった。

『じゃあ、星川に花火行くか訊《き》いてみてくんない？』

「え、行かないよ？」

間を置かずに答えると、小松原が「へっ」と驚いたような声を上げる。進夜はそこではじめて、自分とではなく、小松原たちと花火を見に行くという選択肢が星川にあることに気付いた。

『そうなの？　なんで？』

不思議そうに訊ねられて困る。たしかに、星川が行きたいなら、小松原と一緒に花火に行ってもいいのだ。ベッドで寝ている進夜に付き合う必要なんてない。

だけど、と進夜は思う。

行ってほしくなかった。そばにいてほしいし、花火を見るなら一緒がいい。

自分の中にこんなわがままを見たのははじめてだ。そう感じてから、違うと思いなおす。きっと元からあったのだ。ただ、これまでは進夜より先に星川が望んでくれていたから、進夜は「自分もだ」と言いさえすればそれでよかった。

「きみと同じように思っているよ」ということと「自分がそう望んでいる」ということは、結果は同じでも身に迫る感覚の重さが全然違う。利己的な独占欲を自分のものとして実感して、進夜はしみじみとそう思った。いままで、こういうものを星川はひとりで背負ってきて、だからずっと小松原に複雑な思いを感じてきたのだろう。

いま、進夜だって思っている。小松原はいい友人だ、大切に思っている。だけど、星川とのふたりの時間は邪魔されたくない。

『おーい、進夜ァ？』

「付き合ってるから」

思いがけず、はっきりきっぱりとした声が出た。

『なにが？　誰と？』

「おれと、星川。付き合ってるから。だから、おれも行かないし星川も行かない」

進夜のそばで会話を見守っていた星川が「へっ!?」と素《す》っ頓狂《とんきょう》な声を上げた。

『進夜と星川が？　付き合ってんの？　マジで？』

「うん」

『いつから？　最近？』

「ううん、高校の頃から」

『マジか。なんだ、そうだったのかよ。つーか、じゃあ俺《おれ》ふたりの邪魔ばっかしてたんじゃん。もっとはやく言ってくれりゃよかったのに。ごめんな？』

小松原は、こちらが拍子抜けするほどあっさりと納得する。飲み込みのはやさに進夜のほうがついていけないくらいで、打ち明けたはいいがここからどうしたらいいかわからなくなった。

「健斗、あの」

『ん？　なに急に悲愴《ひそう》な声出してんだよ。いいじゃん、まあ驚いたけど、お似合いだと思うぜ。おまえらふたりともマジメだから、真剣なんだと思うし』

いつもと同じように軽い調子で、だけど声は力強くやさしかった。ホッと進夜は肩の力を抜く。

「ありがとう、健斗」

『こっちこそ、話してくれてありがとな』

そんで進夜はお大事に、と言って電話が切れる。

通話が終わった携帯電話を眺め、今更ながらに心臓が暴れ出すのを感じる。星川に相談もせず、勝手に大変なことをしてしまった。そのことにも今になって思い至る。

窺《うかが》うようにちらりと星川へ目を向けた。

「――進夜！」

キラキラと輝くキャラメル色の瞳《ひとみ》が見えてすぐに、視界がぶれた。両手を広げてどしんと飛びついてくる星川の勢いに負けて、進夜は背中からベッドへ倒れ込む。

「びっくりした」

「うん、ごめん、星川」

「違う、ありがとう。進夜がおれとのこと誰かに話すとこなんて想像したこともなくて、こんなに嬉《うれ》しいと思わなかった。うれしい、ありがとう」

進夜は安堵に深く息をついて、星川の重みを抱きしめた。ぴったりと抱きしめあうと、安心して、だけどそれ以上にそわそわしてドキドキする。エアコンの効いた部屋で、じわりとこめかみや首筋が汗ばんだ。

「……進夜」

星川が少しだけ身を起こして、進夜の目を覗《のぞ》き込む。甘い茶色のまなざしの奥に、とろとろと揺らめく熱が見えた。同じ熱をきっと、星川も進夜の目の中に見ているんだろう。そう思うと恥ずかしくて、進夜はきゅっと目を閉じる。

進夜が目を閉じるのを待っていたように、すぐに唇が重なった。チュ、チュ、と角度を変えて、何度も啄《つい》ばまれる。溢《あふ》れる思いがそのまま伝わってくるようなキスに、自然にうっとりと唇が開いた。

「――ン」

「進夜、ごめん、どうしよう、おれ……」

ゆるく目を開けると、すぐ近くにぐらぐら揺れる星川の瞳があった。雪崩《なだ》れるような欲望を、進夜の体調を気遣って懸命に塞《せ》き止《と》めているのが伝わってくる。耐える姿には普段見ることのない濃く甘い色気があって、たまらなく進夜の熱を煽《あお》った。全部受け止めたくて、自分のものにしたくて、浮遊するような目眩《めまい》の中でよじるように身体を浮かせて腰骨をすり寄せる。

「しん、や……っ」

衝動的にTシャツの下へ差し込まれた手が、直接肌に触れてどきりとする。急いた指先でかりっと胸の尖《とが》りを引っかかれて背中がしなった。

抱き合うときはいつも必死で夢中だ。溺《おぼ》れているみたいに息を継いで、目の前のたったひとりの身体にしがみつく。

「ン、ふ……ッ」

性急に下半身を探られ息が乱れる。浅く引き攣《つ》れる呼吸をキスで奪われて、目の裏でチカチカと星が散った。肌の上にも小さな星が零《こぼ》れて弾けるみたいだ。そうしてたちまち敏感になる身体を持て余して、進夜は甘い息を繰り返した。

「あ、星川……っ」

進夜を跨《また》いだ姿勢で、星川が爽《さわ》やかなブルーのシャツを脱ぎ捨てる。窓を背にした身体の陰影がひどくセクシーだ。だけど同時に、突然昼間の明るさが気になった。目を惑わせると、進夜の躊躇《ためら》いを察したのか星川が軽いフットワークでベッドをおりる。

遮光カーテンが引かれると、部屋は一気に暗く静かになった。

「無理なことあったら、言って?」

ベッドへ戻ってきてあらためて自分へ乗り上げる星川を見上げて、進夜はううんと首を振る。無理なことがあるとしたら、いまここで止まることが一番無理だと思った。

「星川……」

「ん？　なあに？」

「……好き」

自分もいつまでも無垢《むく》で未熟なままではなくて、これが完全に誘う言葉になると理解して口にする。だからそういう声色になった。好きだよ。好きにして。きみのものだよ。

星川は虚を突かれたように一瞬停止して、それからどこか怒った声で「もう！」と言った。頬や首筋がうっすらと赤い。そのことが嬉しくて、進夜は両腕を伸ばして星川の身体を引き寄せた。

「進夜は意地悪だ。やさしくしたいのに、おれのことめちゃくちゃにする……」

開いた口が迫り、嵐みたいなキスに襲われた。

「好きだよ、進夜、好き……」

「ほしかわ、……ッン、おれも…っ」

熱いてのひらが身体中をくまなく辿ってゆく。情熱的で丁寧《ていねい》な、宝物を扱う手だった。少しずつ、自分がとびきり上等な砂糖菓子になってゆくような気分にさせられる。特別な心地良さと興奮に、心まで甘くほろほろと崩れてしまいそうだ。

指が、そろりと尻の狭間《はざま》に触れた。先ほどベッドをおりたときに用意したのかもしれない、冷たいジェルが噤《つぐ》んだ場所をぬるりと濡《ぬ》らす。ひやりと細い背中を駆けた緊張は、口付けでやさしく宥《なだ》められた。

「ン、ふ……」

星川の手がぐっと慎重になり、爪《つめ》の先が、閉じた襞《ひだ》を手繰《たぐ》るようにして浅く埋まる。

「あ……っ、や、」

進夜の身体が反射で緊張すると、星川は唇をすべらせてちゅくりと乳首を啄ばんだ。ジンとした痺《しび》れが下半身に運ばれて、進夜は唇を噛《か》んで喉を反らせた。甘く噛まれ舌で転がされ、星川の口の中で乳首がきゅうと尖ってゆくのが自分でもわかる。

「う、ん…っ、——ア」

星川は、やわやわと乳首を噛みながら、指をゆっくり奥へ侵入させていった。ときおり拡げるように中で指を揺らされる。乳首を舐《な》め転がされる感覚と、内側の粘膜を押されて擦《こす》られる感覚。ふたつが混じり合って、上がる声を抑えきれなくなる。

「進夜、ここ、好きだよね」

舌で乳首を弾きながら、星川が吐息でささやいた。羞恥《しゅうち》にカアッと頬が熱くなり、じわりと目尻《めじり》に涙が浮かぶ。

赤くなった、と星川の声がとろけるような笑みを含む。

「恥ずかしい？　でももっと全部教えて？　進夜だって知らない進夜のこと、おれがみんな知りたい」

普段はふわふわと甘い星川の声が、熱で掠《かす》れる。自分をまるごとやさしく征服しようとする声と態度にぞくりとして、身の内に含んだ星川の指をきつく締め付けてしまう。

「進夜、おれ、指気持ちいい……」

「ほしかわ、や……っ、あっ」

「進夜は？　ここ気持ちいい？　ここは？」

指で内側を擦られ、乳首を強く吸われる。進夜は身悶《みもだ》えながら、シーツを手繰って引き崩した。

「ね、教えて？」

「あっ、いや……っ」

「だめ、おねがい」

星川の珍しく強気な態度に、胸が甘酸っぱく痺れる。

「……っきもち、いい、ア！」

「ほんと？　こうされるの好き？」

「好き…っ、あっ、――星川、に、」

「ん？　おれに？」

「いやって言っても、許してもらえないのも……、すき」

熱に浮かされたような進夜の切ない声に、ギョッと星川が身を強張《こわば》らせる。腕からの大きな震えが指まで伝って、進夜の中を強く押し上げた。一番感じやすいなだらかな膨らみを加減なく刺激されて、進夜の腰ががくんと跳ね上がる。

「あ…ッ、あ、ン――ッ」

全身に力を入れてもやり過ごせる波ではなくて、進夜は高い声を上げながら白濁を零してしまう。

「進夜って」

「……ン」

「ほんと、おれのことメロメロに甘やかすのがじょうずだ。大好きなのに、もっと好きになる……」

絶頂の余韻に震える腿《もも》が摑《つか》まれて押し上げられる。整わない荒い息をつきながら目を上げると、未熟な獰猛《どうもう》をまとった裸の星川が見えた。いつだって甘くて爽やかな星川の、こんなエネルギーを見るのは自分だけだ。そう思うと、たまらなく興奮する。

「もう、いやって言っても聞いてあげられないからね……？」

ひくつく小さな孔《あな》に熱が触れた。そのまま、少しずつ星川が身体を倒してくる。

「進夜、息して、ゆっくり」

「ン、ぅ…っ、ふ、――ハァ」

「うん、ありがとう、――はい、る」

うっとりと気持ちよさそうな息をつきながら、星川が奥へ進んでいく。拓かれる圧迫感はあるけれど、それよりも喜びが勝る。はじめてじゃないのに、進夜はこの瞬間だけは、いつも泣き出してしまいそうに嬉しかった。

星川は、溺れるように沈み込もうとしては目が覚めるみたいにして踏みとどまり、長い時間をかけて進夜に入ってくる。星川の欲望と理性がせめぎあうようすを肌で感じるたび、進夜の愛情は底なしに深くなった。

「……平気？」

頬を撫でられ、いつの間にかきつく瞑《つむ》っていた目を開ける。汗をかいて頬を上気させた星川は、子供のようなおとなのような、狭間で揺れる魅力で進夜を惹《ひ》き付ける。

進夜は指を伸ばして、星川の額に張り付いた短い髪をそろそろと払った。額の熱と、しっとり濡れた髪の感触が指先に気持ちいい。

キスがしたい。そう思うのと同時に、ふわりとやさしく口付けられた。ちろ、と唇を舐められ、たまらず進夜からも舌を差し出す。招かれるまま、星川の口内に舌を伸ばした。

「ん、は……っ」

星川の首筋を引き寄せると、しっかりした身体が、なんの抵抗もなく進夜に従って寄り添った。がむしゃらなばかりの進夜のキスを、星川は嬉しそうにして受け止める。

「かわいい、進夜」

重い熱が下半身に溜《た》まって身体が火照《ほて》る。蜜のような目眩の中で、ねだる目をしたのかもしれない。キスをしたまま、星川の手が進夜の腿を左右に押し広げた。

「動くね」

「うん、……ッン」

僅《わず》かに腰が引かれ、すぐ埋め戻される。星川は間近から進夜の反応を見ながら、引く距離を徐々に長くしてゆく。身体の中を熱が行き来する感覚に、深い場所から引きずり上げられるように快感が滲《にじ》んだ。

「う、ん……っ、ア！」

感じるポイントを、大きく張り出した部分に掠められる。弾ける快感に反射で腰が逃げかかるけれど、力強い手でぐっと引き戻された。

「や、ほしか、わ…っ、ンっ、――ッや、あっ」

「聞けないって言ったよ。……ごめんね、大好き」

脚を抱え直され、先端でごつんと弱いところを突かれる。続けざまに同じ場所を容赦なく穿《うが》たれて、バラリと目の前に鮮やかな星が散った。一気に噴《ふ》き出した快楽に身体がとてもついていかない。

「ン、だめ……ッ」

目が眩《くら》む快感に、進夜は泣きながら目の前の身体に縋《すが》った。きりきりと背中に爪を立てると、星川の動きがますます貪欲《どんよく》に激しくなる。

——嵐みたいだ。

きつい揺さぶりに泣きじゃくるような喘ぎを上げながら、進夜は今日の星川のことをそんなふうに思う。翻弄《ほんろう》される。でもやっぱり、呆《あき》れるくらい、彼は進夜の好きな人だった。

「——ッン、ぅ」

キスで呼吸を奪われ、こめかみがキンと痛む。唇を少しだけ離すと唾液《だえき》が糸を引いた。それを舌が追いかけて、息を継ぐ間もなくまた唇が重なる。

「も、だめ、あ…ッ、イ……っ」

「うん、進夜のびしょびしょだ。……でも、もうちょっと、待って」

いや、たすけて、と進夜は涙を零しながら首を振った。星川がほんのりと苦笑して、いとおしそうに目を細める。

一瞬の凪《なぎ》があって、星川がまた律動を開始した。大きく引いては鋭く突き込まれる。抽挿のたびに、じゅ、ちゅ、と濡れた音が響いた。

「あ…ッ、星、かわ、……ッン、ア…っ、ア！」

「ん、進夜、おれ、も……っ」

一際深くを抉るようにされて、たまらず進夜は震えながらのぼりつめた。ほとんど同時に、身体の内側で星川の熱が撒《ま》かれるのを感じる。ひくりひくりと跳ねる背中を、星川のてのひらがゆっくり撫でた。弛緩《しかん》した身体に、労《いた》わる手が心地いい。

いつまでも細かい震えが去らない進夜の身体を、星川は丁寧に撫でて、ときおり穏やかなキスをくれた。そうされているうちに、純粋な甘さが身体に満ちて、ゆるゆると意識が遠くなる。

「星川……」

「うん、寝ちゃっていいよ。おやすみ、進夜」

守るように抱きかかえられ、うん、と進夜は小さな子供のように頷いて目を閉じる。ふ、と星川の笑う吐息と唇が、こめかみに触れたような気がした。

ドン、と響く低い音に目が覚めた。

「あ、起きた。おはよう進夜」

すぐ近くに星川の濃い茶の瞳があって、進夜は咄嗟《とっさ》に目を伏せた。星川の腕の中で目を覚ますことにはまだ慣れない。恥ずかしくて、この先何度一緒に眠ってもそれは変わらない気がする。

そわそわと甘酸っぱいときめきを持て余していると、星川がチュッと進夜の額で唇を弾ませた。

「身体、まだ熱いね。熱上がっちゃったのかも。ごめんね」

ふる、と首を振る。自分のほうがきっと星川のことをほしかった。そう思ったけれど口にはできず、進夜は目元を染めて俯く。ほんのりと赤い目尻に、星川の唇が誘われるようにして触れた。

「なんか飲む？」

「うん、ありがとう」

答えた声が、寝起きである以上に掠れてて驚く。

「気持ちいいって、たくさん泣かせちゃった。喉平気？」

とろける笑みのまま星川がそんなふうに言うので、ぶわりと羞恥で頬が熱くなる。キャラメルの色をした目を、蜜でコーティングしたみたいにますます甘くして眩しげに笑い、星川がベッドをおりる。

ドン、とまた遠くの音が響く。カーテンを引いた部屋はもう真っ暗だった。しばらくぼんやり考えてから、花火の音だろうかと気付く。

進夜も起き上がり、ベッドの下に落ちていたハーフパンツとTシャツを裸の身体にすばやく身に付けた。それから、カーテンと窓を開けてベランダに出る。

五階建てマンションの二階に進夜の部屋はある。住宅街で、周りにはそれほど高い建物はないけれど、坂を下った低い土地なので、ベランダから見えるのは周囲の家の窓の明かりくらいだ。ドンドン、と今度は続けて音が響くが、どちらの方向から聞こえるのかはわからない。それでも進夜はじっと夜空に目を凝らした。

「――星川！」

「進夜？」

スポーツドリンクのペットボトルを手にした星川が、窓枠に手をついてひょいとベランダへ身を乗り出す。

「見て、あそこ、ほら！」

進夜が指をさした方角に、星川が目を向ける。家と家の隙間《すきま》から、パラ、とほんの微かにだけ火花が見えた。

「いまの、花火の、……端っこ？」

星川が、裸足のままベランダに出てきて進夜の隣に並ぶ。同じ方角を見つめていると、またドンと低い音がして、チラリと小さな光が落ちていった。

「……なんか、」

「うん、なんか」

流れ星みたいだ、と言った声が、きれいに重なる。

チカチカ光り、キラキラ零れる花火のかけらは、十七歳の夏の日に、あの町で見た流れ星とよく似ていた。

——この町、流れ星がたくさん降るんだ。願いごと考えておいたほうがいいよ。絶対叶う。

はじめて会った頃の星川を思い出す。あのときは、近い未来にこんなふうに星川と一緒にいるなんてこと想像もしなかった。そう考えると、いま自分は本当に、流れ星が叶えてくれた奇跡みたいな場所に立っている。

「星川」

「うん？」

「きみを好きになれてよかった。——おれのこと、好きになってくれてありがとう」

ぱち、と星川が驚いたように目をまたたく。

「——そんなの、おれだって、」

声を詰まらせる星川を、進夜も泣きたいような気持ちで見つめる。星川は言葉に迷うように黙ってから、小さく「好きだよ」とささやいた。進夜がうんと頷いて、おれも好きだよとささやく声を返すと、星川は「だから」と甘く微笑《ほほえ》んだ。

「これからもどうぞよろしく」

手を差し伸べ合って、どちらからともなくキスをする。

花火の音が何度も繰り返し響いて、そのたびに、閉じた瞼の裏に流れ星が降った。

あとがき

はじめまして、またはこんにちは、市村奈央です。このたびは『君にきらめく星』をお手にとっていただきありがとうございます。

たまに、甘酸っぱい少女漫画をたまらなく読みたくなることがあります。きゅんきゅんしたい！　じれじれしたい！　そういう気持ちです。

今回のお話は、その少女漫画のときめきを、ＢＬでも表現できたらいいなと思って書きはじめました。プロットも作らず、本当に思い付きだけでです。学生服、転校生、初恋、と萌えをありったけ詰め込みながら書いているあいだがとても楽しくて、あらためて自分が好きなものや大切にしたいことに気付けたように思います。

そういうわけで、実は発表のあてもなくできあがった作品なのですが、運よくルチル文庫さんに拾っていただけて、こうして一冊の本にまとめることができました。ありがたいことです……。

イラストの広乃香子先生には、とても爽やかなふたりを描いていただきました。清潔感と初々しさと甘さが本当に理想のままで、キャラのデザインやイラストのラフをいただくたびに「こ、これだー！」と膝を叩きました。進夜と星川はもちろんなのですが、まゆとアキもとてもとてもかわいくて、カラーページにもしていただいた、四人で手を繋ぐシーンは一番のお気に入りです。

そして担当さま、こんな未熟者を拾ってくださりありがとうございました。いまだにお話しするときは緊張であわあわしていますが、今後ともどうぞよろしくお願いします。

最後になりますが、ここまでお読みくださった皆さま、本当にありがとうございました。少しでも、きゅんとした甘酸っぱい青春を感じて、楽しんでいただけていたら嬉しいです。これからも頑張ります。またどこかでお会いできますように。

二〇一四卯月
市村奈央

✦初出　君にきらめく星……………書き下ろし
初恋の降るまち……………書き下ろし
初恋と夏空の花火…………書き下ろし

市村奈央先生、広乃香子先生へのお便り、本作品に関するご意見、ご感想などは
〒151-0051 東京都渋谷区千駄ヶ谷 4-9-7
幻冬舎コミックス　ルチル文庫「君にきらめく星」係まで。

RB 幻冬舎ルチル文庫

君にきらめく星

2014年5月20日　　第1刷発行

✦著者	市村奈央　いちむら なお
✦発行人	伊藤嘉彦
✦発行元	株式会社 幻冬舎コミックス 〒151-0051 東京都渋谷区千駄ヶ谷 4-9-7 電話 03(5411)6431［編集］
✦発売元	株式会社 幻冬舎 〒151-0051 東京都渋谷区千駄ヶ谷 4-9-7 電話 03(5411)6222［営業］ 振替 00120-8-767643
✦印刷・製本所	中央精版印刷株式会社

✦検印廃止

ISBN978-4-344-83133-9　C0193　Printed in Japan